AF280761

OLAF CLASEN

# WOHIN
# DER HASE
# LÄUFT

## 44 ANEKDOTEN
## AUS KÖLNS
## LIEBLINGSRESTAURANT

OLAF CLASEN

# WOHIN DER HASE LÄUFT

44 ANEKDOTEN AUS KÖLNS LIEBLINGSRESTAURANT

Biografische Informationen der deutschen
Nationalbibliothek: Die
Deutsche Nationalbibliothek
verzeichnet diese Publikation in der Deutschen
Nationalbiografie;
Detaillierte bibliografische Daten
sind im Internet über dnb.dnb.de abrufbar

Copyright:
2016
Olaf Clasen
50672 Köln
olafclasen@web.de
www.odecologne.eu

Herstellung und Verlag:
BoD - Books on Demand, Norderstedt
ISBN 978-3-8423-7578-9

# Inhaltsverzeichnis

# VORSPEISE

Hase. Mein Lieblingsrestaurant. Und mein verlängertes Wohnzimmer. Ich wohne nebenan. Hier treffe ich die guten Freunde, mit denen ich die spannenden Gespräche führe. Hier treffe ich auch die netten Damen, mit denen ich sehr viel Diskreteres bespreche. Ein bunt gemischtes Völkchen reibt hier Schultern. Jeder kennt jeden, oder fast. Man grüßt sich, schüttelt sich das Pfötchen und wer einem besonders sympathisch ist, der bekommt einen Klaps auf die Schulter oder ein Küsschen links, ein Küsschen rechts.

Junge, Ältere wie ich, Erfolgreiche und weniger Gutsituierte vermischen sich auf das Glücklichste. Der Lärmpegel ist häufig hoch in dem länglichen, ohne Schnickschnack gut eingerichteten Raum. Die Stammgäste singen gern das Hohelied vom Inhaber, der dafür sorgt, dass immer Schmackhaftes zu vernünftigen Preisen auf der Karte steht und dass die Kellner stets ein freundliches Lächeln auf den Lippen haben. Außerdem ist der Besitzer Teamchef zur Mittagszeit und bedient mit. *Gute Stimmung ist das halbe Geschäft*, sagt er. Außerdem grüßt dieser Inhaber schon nach dem zweiten Besuch die Gäste mit ihrem Namen und redet jeden so persönlich an, als sei es sein Wohnzimmer und nicht meines. Mancher, der in dem immer vollen Restaurant keinen Platz findet, lässt sich erstaunliche Strategien einfallen, um einen Tisch zu ergattern.

„Haben sie reserviert?" „Ja." „Wie war der Name?" „Äh.., einen Moment mal." Jeder will sehen, wohin der Hase läuft.

Ja, hier treffe ich Freunde und Bekannte, habe geschäftliche Verabredungen und ganz diskrete private. Die Neugier spielt immer mit: *wer mit wem?* Beziehungen wechseln. Aus Paaren werden Trios oder Singles. Warum? Wieso? Wie *konnte das geschehen?*

Und da ich selber neugierig bin, lausche ich schon mal, was am Nachbartisch beredet wird in meinem verlängerten Wohnzimmer.

"Mein Wohnzimmer" ist ein Wunschtraum aus einer Epoche, in der mein Leben sehr hektisch war. Ich machte den gewaltigen Spagat über den Atlantik. Ich hatte eine Wohnung und eine Kunstgalerie sowohl in Nizza, an der *Côte d'Azur;* wie auch in New York City, saß also ständig im Flugzeug oder litt unter Jetlag.

Außerdem fuhr ich, wenn ich in Europa zu tun hatte, viel mit dem Auto hin und her. Besuchte wie ein Handlungsreisender Kunden in Paris, Avignon, Lyon, Bologna, München, Stuttgart, Köln oder Hamburg. Ich schlief jede Nacht in einem anderen Bett, aß jede Mahlzeit an einem anderen Tisch. Sah immerzu neue Gesichter. Damals wünschte ich mir in all dem Trubel etwas Vorhersehbarkeit.

Eine meiner fixen Ideen war, in ein Lokal zu kommen, in dem der Ober mich anspräche: " Dasselbe wie immer, Herr Clasen?" Ich würde nur nicken oder antworten: "Ja, bitte." Gipfel der Vorhersehbarkeit, und Wunschtraum in einer allzu hektischen Lebensphase?

Jetzt habe ich sie erreicht, meine Vorhersehbarkeit. Schwinge ich mich auf den Hocker bei Hase, dann nickt Amin mir zu, schüttelt mir die Hand und serviert, ohne ein Wort zu sagen, den *Espresso lungo,* den ich nach dem Essen so gern trinke. Sitzt meine Begleitung Birgit neben mir, dann baut Amin ebenso wortlos einen Berg Schaum auf ihre *Capucino*tasse und zeichnet mit braunem Kakao ein schönes Muster. Gipfel der Spießigkeit oder seit langem verdientes Ankommen in meinem Wohnzimmer?

Es ist ein fröhlicher, bunter Haufen, der sich hier trifft, mitten im Stadtzentrum Kölns. Einige der besten Kunstgalerien der Stadt sind gleich nebenan. Darum ist' s normal, dass hier Galeristen sitzen mit den Künstlern, die die Welt verbessern wollen oder auch mit den Sammlern, die das schnelle Geschäft suchen, möglichst ohne ihr eigenes Geld auszugeben. Man diskutiert sich die Köpfe heiß. Jeder hat Recht. Natürlich!

Glücklicherweise ist Hase kein einseitiger Künstlertreff. Nein, was die Mischung so reizvoll macht, sind die vielen unterschiedlichen Berufe, die hier vertreten sind. Ringsherum gibt's, elegante Geschäfte. Wer sich mittags ein Päuschen gönnen kann, schaut mal wie der Hase läuft.

*Vielleicht ist sie heute hier? Die Begegnung, die zuerst den Nachmittag versüßt und dann  das Leben auf den*

Auch aus den Außenbezirken kommen die Gäste. Viele fahren  weit, um hier den Herzschlag der großen Stadt pulsieren zu hören. Außerdem ist der WDR in der Nähe und auch RTL hat Studios in der Stadt, aus denen die Leute zum Mittagessen kommen. So drängeln sich manchmal die Medienleute an den Tischen mit Künstlern und  Undefinierbaren. Die, die vor der Kamera arbeiten, erkennt man meist erst auf den zweiten Blick, mit der verwuschelten Frisur und ganz ohne Make-up, außerdem sind die nicht so gutausgeleuchtet wie auf dem Bildschirm. Das Gesicht kommt einem bekannt vor. Aber kann man sicher sein? Die, die hinter der Kamera arbeiten, kennt mein Freund Lars. Der sagt mir: "Guck mal, da ist der Martin R..., der hat die Musik zu... komponiert." Ich gucke, aber dem Mann blitzt kein Notenschlüssel aus den Augen.

Die drei hyperblonden Schönheiten an der Theke haben es noch nicht bis vor die Kamera geschafft. Es wird aber nicht lange dauern, bis sie sich, mit abgespreiztem kleinem Finger am Prosecco Glas, in den Vordergrund gedrängelt haben.

Inzwischen sitze ich hier und filtere aus den Wortfetzen heraus, was mir interessant erscheint.

# VAMP

Hier, in meinem Lieblingsrestaurant, das in Köln fast jeder kennt, ist immer etwas los: Sie schwebt herein auf der Wolke ihres vergangenen Ruhms.

Nein, es geht kein Raunen durch den Raum. Nur ältere Menschen meiner Generation erinnern sich, dass diese Dame ein Star war, damals, als die Illustrierten noch Titelblätter in schwarz/weiß druckten und als es für Frauen wie diese noch das schöne Wort *Vamp* gab.

Auch heute sieht man ihr an, dass sie etwas Besonderes darstellt. Obwohl der Lack ab ist. Das Gesicht ist ein wenig fahl und schlaff. Doch das dicke Make-up macht ihr eine gesunde Gesichtsfarbe. Aber das kalte Rosa ihres Lippenstiftes ist noch nicht wieder zurück in Mode. Es ist die Farbe der frühen Sechziger. Trotzdem bleibt die Erscheinung mit der toupierten, blondierten Mähne eindrucksvoll. Die Diva hat sich, trotz Alkohol und anderer Ausschweifungen, gut gehalten. Damals war sie berühmt als eine skandalumwitterte Sexbombe. Das Wort wurde ungefähr gleichzeitig mit der Atombombe erfunden. Ihre Exzesse füllten die Illustrierten.

Ihre Figur betont auch heute noch die berühmte **S** Form mit hervorstehendem Busen und Hinterteil. Immer noch umrahmt sie sich die schönen Augen tiefschwarz, so wie es in den Sechzigern Mode war  und färbt das lange Haar so nah wie möglich bis an die Wurzeln.

 Der Exvamp setzt sich an den Nachbartisch zu seinen Freunden, einem Ehepaar seiner Generation: Er ist ein kleiner dicker Mann mit grauem Haarkranz um den glänzenden Schädel. Die dazu gehörige Frau, schminkt sich ähnlich wie ihre Freundin mit dem tiefschwarzen Lidstrich, der die Augen verlängern soll, so wie Elisabeth Taylor es als Kleopatra vormachte.

Die drei beginnen sofort ein lebhaftes Gespräch, in dem es natürlich vor allem um die Vergangenheit geht, wie das bei Menschen dieser Generation üblich ist. Außerdem machen sie auch ein paar Pläne für die Zukunft. Alle drei sind sie finanziell gut abgesichert. Die Diva erinnert daran, dass früher die Gagen  nicht so hoch waren wie sie heute sind. sie habe aber ihre Einkünfte so geschickt angelegt, dass das Vermögen ständig wuchs und auch jetzt noch eine gute Rendite erwirtschaftet. Die beiden anderen waren in konventionellen Berufen tätig, konnten also nicht viel ersparen, sind aber zufrieden.

Eigentlich wollten sie zu viert hier Mittagessen. Der Vamp wollte seinen Freunden den frisch geheirateten Ehemann vorstellen. Die Freunde haben schon viel über ihn gehört. *Eine reine Liebesheirat, wenn auch ein wenig spät!*

Jetzt ist der fünfte Ehemann etwas verspätet.

Aber nicht allzu lang. Der erwartete Gatte stürmt herein mit weit ausholendem Schritt. Küsschen links, Küsschen rechts, auch für die neuen Freunde. Dazu muss er sich weit herunterbeugen: Er überragt die Gesellschaft um gut einen Kopf. Groß, schlank, sehnig und gebräunt, sieht der junge Mann aus wie einer, der im offenen Sportwagen zwischen Sonnenstudio und Fitnesscenter hin- und herfährt.  Dabei ist er eine knappe Generation jünger als

die drei anderen. Er muss noch mal schnell zur Garderobe um seinen Mantel abzulegen. Kaum hat er den Rücken gekehrt, da tuschelt die Freundin:
"Da hast du dir aber ein Prachtexemplar an Land gezogen."
Der Vamp strahlt: "Ich kann ihn mir eben  leisten!"

# MISSVERSTÄNDNIS

Wieder einmal ist die Stimmung gut, in meinem Lieblingslokal und wieder einmal sitzt am Nachbartisch ein Paar, dessen Gespräch ich nicht überhören kann und von dem ich nicht weiß, ob und wie es zusammengehört.

Er ist ein Prominenter, den wir alle aus dem Fernsehen kennen. Er setzt seinen bekannten Charme mit voller Wucht ein, um die Dame zu beeindrucken. Er ist schön gleichmäßig gebräunt, als würde er meist am Mittelmeer leben. Sein Lächeln wirkt ungezwungen, natürlich, so wie man es vor der Kamera lernt. Die Zähne kommen aus der besten Praxis. Und selbst jetzt, wo er keinen Drehbuchtext hat, kommen die Sätze flüssig aus seinem Mund.
Sie ist eine junge Frau aus dieser Nachbarschaft, die sehr gut aussieht, Eine Schönheit, die bei jedem ihrer Besuche im Hase auffällt. Zusätzlich ist sie so raffiniert gekleidet, dass ihre körperlichen Reize unübersehbar sind. Die schmale Taille mündet in schön gerundete Hüften. Sie versteht es, auf der Tastatur ihrer Weiblichkeit zu spielen, außerdem hat sie ein flottes Mundwerk. Ihre Sätze formuliert  sie schnell und was sie sagt, macht Sinn. Sie lässt sich von seiner Prominenz nicht einschüchtern. Sie hat ein gesundes Selbstbewusstsein, das mit dieser Situation gelassen umgehen kann. Sie versteht zu flirten und ist ihrem Gegenüber ebenbürtig. Auch ihr Lächeln kommt leicht und spontan, als ob sie kameratrainiert sei.

Das Gespräch zwischen den beiden plätschert eine Weile hin und her. Wie ein unverbindlicher Flirt. Unterschwellige Anspielungen sind in der Luft. Das Flirten schwillt intensiv an und ebbt wieder ab. Wie es so geht, wenn man sich erstmal kennenlernen muss. Er plustert sich auf, wie ein Gockel. Er ist ein Star und erwartet bewundert zu werden. Sie weiß sich begehrenswert zu machen, so dass fast jeder Mann ihr die Sterne vom Himmel pflücken würde. Sie reden sehr offen über ihre Wünsche, auch die die nicht jugendfrei sind, so dass ich mich als indiskreter Zuhörer beschämt fühle. Aber nur kurz.
Die Geschichte verspricht interessant zu werden.

Beide haben sie heute Nachmittag und am Abend keine Verpflichtungen. Sie könnten tun und lassen, was ihnen beliebt. Er besitzt eine große Junggesellenwohnung mit gut gefülltem Kühlschrank hier in der Nachbarschaft. Sie könnten dort hingehen nach dem Mittagessen und ein paar Stunden oder sogar Tage miteinander verbringen, schlägt er vor. Er hat gerade Drehpause. Dann gäbe es noch die Möglichkeit gemeinsamer Urlaubsreisen in exotische Länder. Er schwärmt von der Karibik, die sie noch nicht kennt. „Du hast doch einen gültigen Reisepass?"
 Auf Barbados, Aruba und Santa Lucia kennt er jede Bucht und ist mit jeder Palme auf du und du. Er macht ihr großzügige Angebote. Ein erotischer Unterton schwingt immer mit. Natürlich ist sie eingeladen. Er erzählt vom Luxus abgelegener Hotels, die übers Wasser gebaut sind

und im Schlafzimmer einen Glasboden haben, unter dem die Fische spielen. Ähnliche Spielchen könnten sie auf dem Bett spielen. Sie ist fasziniert. Abgesehen von den Reisen, sind sie beide gleichermaßen sehr daran interessiert, ihr Liebesleben durch neue Erfahrungen aufzupolieren und mal wieder etwas Neues zu erleben…

Die Dame redet außerdem davon, ein Kind zu bekommen.
Tatsächlich, als das Gespräch hinüber gleitet in Richtung Schwangerschaft, Geburt, Babys und Windeln, Kindererziehung, öffentliche oder private Schulen, da sind die beiden fast immer einer Meinung. Bis zu dem Moment, in dem die junge Frau unvermittelt herausplatzt:
"Eigentlich möchte ich doch nur ein Autogramm von dir."

# DUMM GELAUFEN

Es gibt Gäste die kommen jeden Tag zum Essen in mein Lieblingslokal in Köln. Heute gab es eine Überraschung: Niemand hatte diese auffällige Dame je gesehen. Sie war groß, hielt sich sehr gerade und hatte ein schönes, gut gereiftes Gesicht. Der lange dunkelgrüne Mantel stand ihr gut. Handtasche und Schuhe waren fein abgestimmt. Die Fremde  bewegte sich so selbstverständlich als sei sie Stammgast hier. Schnell hatte sie herausgefunden, dass Babak die Mittagsschicht leitete. Darum ging ihre Frage direkt an ihn:

„Entschuldigung, ist mein Mann schon hier?"

„Tut mir Leid, Madame, ich kenne ihren Mann noch nicht. Vielleicht möchten sie selber mal schauen?"

Babak führte die Fremde drei Meter nach links. Von hier konnte sie den Raum übersehen. Sie stellte sich auf die Zehenspitzen und reckte den Hals.

„Kann ihn nicht sehen." Vorsichtshalber ging sie bis nach hinten wo die Tür zum Toilettenraum ist. Sie schaute nach links, nach rechts. Vor den Fenstern zum Garten drehte sie um und kam gelassen zurück zum Eingang.

Ein freundliches Lächeln aus den schönen Augen:

„Schade, er wird bald hier sein. Ich gehe ihm ein paar Schritte entgegen."

Babak half ihr die Tür zu öffnen. Sie huschte hinaus in die Winterkälte.

Keine fünf Minuten waren vergangen, da stieß ein hochgewachsener Herr die Tür auf, er passte ausgezeichnet zur Dame in Grün, ungefähr gleiches Alter und Größe, gleiches selbstsicheres Auftreten:

„Ist meine Frau schon da?"

„Nein? Sie wird sicher gleich kommen. Ich setze mich schon Mal."

Tatsächlich war die viel erwartete Dame im grünen Mantel bald zurück.

 Aber, oh Überraschung, am Arm eines gutaussehenden, ca. zehn Jahre jüngeren Mannes.

Sie fragte den Kellner: „Haben sie meinen Tisch frei halten können?"

„Tut mir leid, das war nicht möglich. Dort sitzt ein einzelner Herr.

 Vielleicht können sie zu dritt essen?"

Der Herr am Tisch hört aufmerksam zu und zieht eine Augenbraue hoch.

# NATASCHA

Heute sitzen am Nachbartisch in meinem Lieblingsrestaurant zwei Gäste, die ich  kenne. Der Herr ist ein
früherer Kollege von mir. Ein Galerist, der es geschafft hat
sein Geschäft durch die Höhen und Tiefen der
unberechenbaren Konjunktur zu retten. Der dunkelgraue
Anzug aus feinstem Tuch steht ihm gut. Hemd und
Krawatte sind sorgfältig aufeinander abgestimmt.

Die Russin Natascha, ihm gegenüber, lebt seit einiger Zeit
in Köln. Niemand weiß wovon. Dass sie  einen gut
bezahlten Arbeitsplatz sucht, ist bekannt. Ihre berufliche
Qualifikation scheint nebulös. Sie behauptet in Russland
im Kultusministerium eine bedeutende Rolle gespielt zu
haben und ist jetzt bereit westlichen Geschäftsleuten
nützlich zu sein. Wenn sie nach der genauen Bezeichnung
ihrer früheren Position befragt wird, dann verkrümelt sie
sich in vage Allgemeinplätze, gibt sich geheimnisvoll und
behauptet dass es gefährlich sei, offen zu reden. Natürlich
erzählt sie beim Bolschoi gewesen zu sein, wie alle
Russinnen die nach Köln kommen.
Wahrscheinlich ist da nichts als Wunschdenken. Als
schlagkräftigstes Argument setzt sie ihren Körper ein. Ihr
maßvolles Übergewicht ist in ein viel zu knappes Kleid
gezwängt, das sie um die Taille herum noch einmal enger
gemacht hat, so dass sie wie eine füllige **8** wirkt. Ihre
Brüste hat sie mit einem  doppelten Trägergeschirr (1 Mal
Plastik weil man das angeblich nicht sieht, plus ein

zweites schwarzes das ist „verrucht") so gewaltig hochgezurrt dass sie  horizontal vom Körper wegstehen. Sie könnte dort gut ihr Weinglas abstellen. Das runde Gesicht ist ein wenig verbraucht, wie das einer Puppe aus zweiter Hand, mit kohleschwarz umrandeten Augen und einem knallroten Kussmund.

Der Galerist hat zurzeit keine Position offen. Natascha gibt nicht auf. Sie redet von ihren Verbindungen bis hoch hinauf in die obersten Schichten der Politik, auch zu den neureichen Oligarchen hätte sie Zugang. Sie könnte erstklassige neue Kunden heran ziehen. Vor Allem schmeichelt sie aber dem Galeristen für seine Weltgewandtheit und seine persönliche Ausstrahlung.
Was sie meint, wird klar, als sie während des Gespräches mit den Oberarmen den Busen von beiden Seiten zusammen presst, bis nur ein einziger, weicher Hügel mit einer Linie in der Mitte hervorquillt. Außerdem rutscht der sowieso schon tiefe Ausschnitt noch ein bisschen tiefer, so dass die Nippel fast aus dem Kleid springen. Als sie gleichzeitig mit dem breiten Becken auf ihrem Stuhl hin- und her rutscht, scheint sie tatsächlich den Galeristen nervös gemacht zu haben.

Jetzt müsse sie sich für einen kurzen Moment entschuldigen, gleichzeitig fordert sie mit schwerem Wimpernschlag ihr Gegenüber auf, ihr zu folgen. Als sie durch die schmale Gasse der Tische in Richtung Garderobe und den anschließenden Toilettenräumen geht, schaukelt sie so aufdringlich mit dem Hinterteil, dass alle Blicke ihr folgen.

Der Galerist, wie von einem Gummiband gezogen, geht ihr zwischen den Tischen nach.

Haben die beiden sich im engen Garderobenraum nur unterhalten? Sind sie gemeinsam zu den Damen oder den Herren gegangen? Wo ist man ungestörter? Niemand weiß etwas.

Nur so viel ist sicher: Als sie zurückkamen, war das Problem mit dem Arbeitsplatz gelöst.

Nein, da waren keine verräterischen Spuren, kein verwischter Lippenstift. Kein Hemd über der Hose und auch kein offener Reißverschluss.

Trotzdem: der Galerist teilte Natascha mit, dass der Arbeitsvertrag morgen Vormittag zur Unterschrift bereit läge.

Was für ein Zauber herrscht im kleinen Garderobenraum vor den Toiletten?

**NASEWEIS**

Heute sitzt am Nachbartisch in meinem Lieblingsrestaurant eine Galeriebesitzerin, die ich seit Jahren
kenne, da ich häufig ihre Galerie besuche. Die Dame ist
mit ihrer Tochter hier, die wohl gerade in die fünfte oder
sechste Klasse geht. Selten sieht man die beiden
gemeinsam beim Essen, denn die Kleine ist gewöhnlich in
der Schule, während die Mutter in ihrer Galerie tätig ist.

Die Galeristin trägt ein an der Taille zu enges Kleid, sie
würde gern schlanker sein, als sie ist. Das dunkle Haar ist
füllig wie ein Helm und bedeckt gerade die Ohren. Das
kleine Mädchen hat einen gerade geschnittenen Pony
über der frechen Stubsnase und der gewölbten Stirn.
Natürlich dauert es einen Moment bis die Beiden sich über
ihre Bestellung geeinigt haben. Der Kellner Pino hat
bereits nachgefragt, ob die Gäste bereit sind zu bestellen.

Das kleine Mädchen sagt:
"Ja wir können bestellen. Die Mama nimmt den Zander
auf Bärlauch Gemüse und ich bekomme *Penne arrabiata*.
Danke schön. Außerdem ein Glas *Pinot Grigio* bitte und
eine *Cola light*"

Pino hat alles notiert und sich entfernt. Da meint die
Mutter zur Tochter:
"Da hast du mich überrumpelt. Ich wollte heute weder
Fisch noch Wein."

"Macht nichts, Mama," antwortet die Tochter, ihr Lächeln ist ungeniert.
"Ich esse sogar lieber deinen Zander, als die Penne. Und du hast schon immer Pasta arrabiata gemocht. Den Wein lässt du zurückgehen, du sagst einfach, dass er korkelt."

Die Mutter lässt beide Hände in den Schoss fallen. Sie ist erschlagen von so viel Kaltschnäuzigkeit.

# GEWISSENLOSES LUDER

Die beiden netten Herrschaften kennt jeder in dieser Nachbarschaft. Sie leiten gemeinsam eine der ältesten Kunsthandlungen. Gekleidet sind sie unwandelbar in Tiefschwarz und treten auf im Stil des längst versunkenen Existenzialismus. Obwohl beide die Lebensmitte seit langem überschritten haben, ist da noch immer ein Rest Eitelkeit bei diesen älteren Herrschaften. Er fasst seine graue Mähne in einem flotten Pferdeschwanz zusammen und sie umrahmt sich die Augen immer noch so kohlschwarz, wie es Juliette Greco in den Fünfzigern vorgemacht hat, dazu trägt sie auch den grellrosa Lippenstift aus jener Zeit.

Sie sind eines der beständigsten Paare in der Nachbarschaft. Niemand hat je einen ohne den anderen gesehen. In meinem Lieblingsrestaurant haben die beiden ihren Stammplatz. Dort, nicht weit von der Fensterfront, wo sie nicht zu übersehen sind, nehmen sie fast täglich ihr gemeinsames Mahl ein.

Heute falle ich fast vom Stuhl vor Überraschung: Das darf doch nicht wahr sein!
Der grauhaarige Gentleman, wie immer ganz in Schwarz gekleidet, erscheint ohne seine bessere Hälfte, anstatt derer ist er begleitet von einer üppigen Blondine. Sie ist mindestens 35 Jahre jünger als ihr Begleiter mit dem gepflegten, grauen Dreitagebart. Die Blonde schwingt ihre

schönen Hüften. Sie sieht aus, als könne sie in jede gut funktionierende Beziehung eindringen. „Gewissenlos" scheint ihr auf die Stirn geschrieben. Ihr Ausschnitt ist sehr viel tiefer, als es in diesem Restaurant üblich ist. Im Arm trägt sie einen riesigen Blumenstrauss.

Den Gästen im Lokal und dem Personal fallen die Kinnläden herunter. Der Kellner Constantinos weiß mit der Situation umzugehen. Diskret bugsiert er das unwahrscheinliche Paar in eine dunklere Ecke, die nicht so leicht einzusehen ist. Außerdem besorgt Constantinos sofort eine große Vase, um die Blumen frisch zu halten. Das Getuschel der Gäste beruhigt sich wieder.
Ein großes Rätselraten beginnt:
Ist sie ein neuer Star am bunten Kunsthimmel? Eine uns unbekannte Verwandte? Oder das gewissenlose Luder, das ein konservatives Paar auseinandertreibt?

Die dritte Hypothese scheint die wahrscheinlichste zu sein. Sonst würde die Frau ihre Reize nicht so aufdringlich zur Schau stellen. Die vollen Lippen zeigen ein leicht ordinäres Lächeln, die übertrieben aufgebauschte blonde Mähne, der viel zu große Ausschnitt über dem weißen Busen und ein Rock, der so eng ist, dass er alle Formen sehr genau nachzeichnet, sind Attribute einer Frau, die auf schnelle Verführung aus ist. Was für ein Schreckensszenario zur strahlenden Mittagszeit!!
Wieder öffnet sich die Tür des Restaurants. Wie ein schwarzer Racheengel betritt die Gattin das Lokal. Alle

Gäste halten den Atem an. Die Ehefrau in Schwarz wirft einen wilden Blick nach links, einen geradeaus und dann einen in die dunkle Ecke. Einmal tief durchatmen, dann geht sie mit sicherem Schritt auf den Tisch mit dem Gatten und dem blonden Luder zu:
"Oh wie schön dich zusehen, hattest Du eine gute Fahrt?"
Dann das Küsschen rechts und das Küsschen links für die Blondine. Die steht auf und überreicht der Ehefrau mit den schwarz umrandeten Augen den Blumenstrauß:
"Alles Gute für euren Hochzeitstag."

# 10 BIS 12 ZENTIMETER

Heute sitzen am Nachbartisch in meinem Lieblingsrestaurant zwei Freunde. Gute Freunde. Sonst würden sie nicht soo offen miteinander reden.

 Lars schüttet seinem Freund Ralf sein Herz aus. Seine Ehe mit Betty geht den Bach runter. Als Lars Betty vor 4 Jahren heiratete war Betty eine wunderbar attraktive junge Frau. Sie kleidete sich nach der neuesten Mode, trug ihr Haar schick frisiert und wusste genau welches Make up ihr am besten stand. So erzählt Lars. Betty hatte einen wachen Geist und war voller witziger, überraschender Ideen. Ständig fiel ihr etwas Neues ein, um die Tage spannender zu machen. Im Bett war Betty die schärfste Granate, die man sich vorstellen kann. Schärfer als jede Vorstellung. Betty war, auf allen Gebieten, einzigartig. Lars war damals bis über beide Ohren leidenschaftlich in Betty verliebt. Daher auch die, etwas überstürzte, Heirat.
Was dann passiert war, kann Lars nicht erklären. Er weiß nur dass sich seine Frau zum genauen Gegenteil verändert hatte. Betty ließ sich gehen. Sie kleidete sich in Sack und Asche. Beim Friseur war sie schon acht Monate nicht mehr gewesen. Zu Hause nörgelte sie ständig an allem herum. Sie sprach nur noch über alltägliche/spießige Themen. Und: „Ralf, stell Dir mal vor, Sex hatten wir seit einem halben Jahr nicht mehr. Migräne ist ein Dauerzustand bei Betty geworden.“
Betty würde sich in eine Art gruseliger Sackkleider kleiden, in denen selbst Lars, der Bescheid wusste, die

aufreizenden Formen ihres Körpers nicht mehr erkennen konnte. Das Schlimmste aber sei, dass er mit Betty über nichts anderes mehr reden könne, als den Haushalt. Staubsauger, Wäschewaschen, Trocknen Bügeln und die besten Produkte um Hemden „rein" zu waschen. Und bei Allem: kein Sex. Niemals, nicht während der Woche und nicht am Wochenende.

Ralf hört aufmerksam zu und erklärt in knappen Sätzen sein Beileid. Kann aber Lars auch keinen sinnvollen Ratschlag geben. Vielleicht kann ein Psychologe helfen? Betty ist beratungsresistent meint Lars. Liegt es an ihm selber? Liegt's allein an ihr? Liegt's daran, dass sie beide nicht zusammen passen? Die beiden Männer stecken die Köpfe zusammen, beratschlagen halblaut. Keine Lösung. Schließlich fummelt Ralf die Nummer eines bekannten Scheidungsanwaltes aus seinem Handy.

„Der ist ein harter Hund. Der holt Dich raus aus dem Schlamassel."

Da springt die Tür des Restaurants auf. Herein stürmt eine Schönheit. Die gepflegten schwarzen Locken umrahmen ein stolzes Gesicht. Ein blaues Seidenkleid umschmeichelt eng Taille und Hüften, dann öffnet es sich zu einem weit wehenden Rock. Die spitzen Absätze, naja 10 oder 12 cm mindestens.

Betty: „Lars, Du hier? Schieb mal den Tisch beiseite damit ich mich auf meinen Lieblingsplatz setzen kann." Sie setzt sich auf Lars' Schoss und schlingt ihm die Arme um den Hals. Sofort beginnt sie Lars, für einen öffentlichen Ort etwas schamlos, zu küssen. In einer Atempause:

„Hoffe die neue Frisur und das Kleid gefallen Dir. Ich musste mal wieder etwas für mich, für uns tun."

# KARNEVAL

Weiberfastnacht bei Hase. Der erste Tag des Straßen Karnevals in Köln.

Die Stimmung ist ziemlich surrealistisch. Die gleichen Stammgäste wie immer. Nur mit einer roten Nase mitten im Gesicht und etwas Buntem auf dem Kopf. Die gleichen Gespräche wie immer, nur etwas lauter, weil die Audio Anlage Karnevals Musik in den Raum donnert.

Es gibt aufwendig fantasievolle Kostüme, ähnlich wie in Venedig oder ganz einfache. Der imposant aussehende Notar hat sich eine wilde Punkperrücke über die graue Haarpracht gestülpt. Manche Damen glitzern als sei noch Weihnachten, andere haben sich lediglich bunte Fetzen umgehängt. Das Essen ist gut wie immer. Es wird lediglich mehr als sonst getrunken. Schöne Stimmung, ganz ohne Exzesse. Die Kellner tragen Piratenkostüme, obwohl sie nicht mehr ausbeuten als sonst.

Drei fröhliche Damen betreten den Raum. Völlig neu. Vollkommen unbekannt. Niemals gesehen. Alle drei sind sehr heftig blondiert. Sie lachen etwas zu laut und bestellen ihren Prosecco mit auffälligem Gekicher. Alle drei sind schon satt über die Lebensmitte. Ihre „beste Zeit" liegt hinter ihnen. Aber sie geben sich übertrieben jugendlich. Toll geschminkt und mindesten 15 Jahre jünger aussehend als sie sind. Sehr aufwändige Kostüme mit tiefem Ausschnitt, hochgezurrtem Busen und sehr engem glatten Leder über den Hüften. Elegante Hüte mit Pailletten und Federn bestückt. Sie sehen gut aus und wissen das. Sie bemühen sich möglichst viele Augen auf sich zu ziehen. Das gelingt, wenn sie uns im Raum mit weit abgespreiztem kleinem Finger zuprosten.

Sieht aus, als wollten sie alle drei Mal wieder etwas Besonderes erleben. Sie unterhalten sich über Männer, kichern und tuscheln. Jeder weiß, diese drei Damen gehören nicht zum Stammpublikum. Sie tragen aber gehörig zur guten Stimmung bei.

Als die am prunkvollsten Verkleidete, die mit dem tiefsten Ausschnitt, inzwischen wissen wir alle, dass sie Susanne heißt, bezahlen möchte, reicht ihr der Kellner zusätzlich zur Rechnung das kleine Kärtchen, damit sie ein andermal wieder hierher findet. Sie nimmt das Kärtchen mit spitzen roten Fingernägeln.

„Oh, Hase? Tatsächlich? Das echte Hase?" fragt sie. Auch die beiden anderen beugen sich über das Kärtchen.

„Dann bleiben wir lieber noch ein bisschen."

*Wer weiß, vielleicht ist dies der Ort, um dem Leben nochmal neuen Schwung zu geben?*

# HANDYSPIELCHEN

In meinem Lieblingsrestaurant in Köln, in dem ich fast jeden Tag bin, sitzt ein ungewöhnliches Paar am Nachbartisch: Er könnte ihr Vater sein. Wer weiß? Vielleicht ist er es?

Lockiges graues Haar bis auf die Schultern. Die Jacke aus so naturreiner Wolle, als hätte das Schaf selbst gestrickt. Und dann die schrillsten Farben, die eine Brillenfassung je hatte. Ein übriggebliebener Hippie?
Sie: eine Generation jünger. Blondierte, freche Kurzhaar Frisur. Sie ist sehr flott und modisch gekleidet, außerdem ist sie jung, hübsch und redegewandt.
Sie himmelt den Älteren an. Darf eine Tochter ihren Papa nicht anhimmeln? Das Gespräch zwischen den beiden verläuft widersprüchlich. Die junge Frau beschwert sich pausenlos über den "Druck" und jammert darüber, dass zu viel von ihr gefordert würde.
Uni oder erster Arbeitsplatz?
Er natürlich: „Wir haben früher sehr viel mehr gearbeitet ohne uns zu beschweren."
Obwohl ich das Gespräch nicht überhören kann, verstehe ich noch nicht wirklich, worum es geht.
Er argumentiert ein wenig altmodisch, weiß auch keinen Rat. Aber er ist sich sicher, dass früher alles besser war. Die Menschen, der Umgang miteinander, die Politik und auch die Musik. Jimi Hendrix, Janis Joplin, wurden die jemals übertroffen?

Außerdem lehnt er, wie es sich für einen Mann seiner Generation gehört, all den modernen Schnickschnack ab.
"Computer, Anrufbeantworter, Handy, alles überflüssiger Kram."
Am liebsten würde er sich wohl mit Rauchsignalen verständigen. Natürlich nervt ihn auch das Handyklingeln, das immer wieder durch den Raum zirpt.
 "Das muss doch  nicht sein. Kein vernünftiger Mensch braucht ein Handy!"

Der unterschiedliche Wortschatz der beiden ist deutlich hörbar. Sie hat sie alle drauf, die  Wörter, die sich aus dem Englischen eingeschlichen haben.
Er gibt sich in seiner Wortwahl stockkonservativ, richtig urdeutsch und holzgeschnitzt. Der Vater vermeidet sorgfältig die Anglizismen, die so im Trend sind. Er meckert noch ein bisschen über den neumodischen Quatsch vor sich hin.
Die Tochter bemerkt:
 "Ihr Älteren könntet von uns Jungen lernen, dass wir nicht mehr in der Steinzeit leben. Das Neue ist manchmal nützlich. Wo kämen wir hin, wenn alles beim Alten bliebe?"
Er bleibt skeptisch.
Sie jammert immer noch, dass das Leben so anstrengend sei und dass sie niemals genügend Zeit hätte, um sich richtig auszuruhen. Er müht sich, Verständnis zu zeigen, denkt dabei sicher im Stillen: "Früher war alles besser!"
Ausgerechnet jetzt klingelt das Handy des jungen

Mädchens:

"T'schuldige Paps, ich muss mal rangehen." Er zieht eine Augenbraue hoch und hat 2 senkrechte Stirnfalten.
Zuerst kramt sie lange in ihrer Handtasche, dann telefoniert sie mit strahlendem Lächeln.

Nun ist er völlig genervt. Er rutscht auf seinem Stuhl hin und her. Abrupt schlägt er einen nervösen Rhythmus mit der Gabel auf seinen Tellerrand. Er dreht die Augen verzweifelt zur Decke. Geduld scheint nicht seine Stärke zu sein. Er lässt sich anmerken, dass er Handys hasst.
Dann reicht ihm die Tochter das Telefon. Er schleudert einen überraschten Blick.
"Es ist Mama, sie möchte dich sprechen."
Er ergreift unwirsch das kleine Gerät, überwindet sich zu einem freundlichen Gruß. Er lauscht aufmerksam. Plötzlich schmelzen seine Gesichtszüge. Jetzt wirkt er zwanzig Jahre jünger. Er turtelt ein wenig, dreht sich zur Seite und schirmt dabei das Telefon sorgfältig vor seiner Tochter ab. Dann verabredet er sich mit seiner geschiedenen Frau zum Abendessen. Seine Wangen sind ein wenig gerötet.
Die Tochter hat aufmerksam gelauscht:
"Na und, was gibt es?"
Er räuspert sich und antwortet mit verschmitztem Lächeln:
"Cooles Teil!"

# ALTLASTEN

In meinem Lieblingslokal in Köln brummt wieder einmal der Bär. Wie bitte? Der Bär im Hasen? Geht das?

Alle Tische sind besetzt mit einem bunten Völkchen von Geschäftsleuten, Medienmachern, Künstlern und Kunstsammlern. Ich sitze an der Theke und trinke nach dem Essen einen guten Espresso. Nur aus den Augenwinkeln kann ich den Raum beobachten. Die meisten der vollbesetzten Tische sind direkt hinter mir. Links neben mir sitzt eine attraktive, dunkelhaarige Dame. Wir sind schnurstracks ins Gespräch gekommen. Mir gefallen ihre blitzenden Augen und die gute Laune, die die Dame versprüht. Außerdem sieht es aus als würde auch ich ihr gefallen. Eine nette Bekanntschaft, wer weiß was daraus wird?

Die Dame und ich flirten ein bisschen, so gut das bei dem hohen Lärmpegel möglich ist. Die Frau gefällt mir, sie sieht toll aus, lächelt leicht, hat eine sinnliche Ausstrahlung und etwas Geheimnisvolles an sich. Sie spricht mit einem leicht fremdländischen Akzent, der irgendwo am Mittelmeer angesiedelt sein könnte. Vielleicht ist dieser Akzent gekünstelt um sich interessanter zu machen? Ich bin sehr gespannt darauf, wie die Sache weiter gehen wird. Werde mich nicht abhalten lassen, diesen angefangenen Flirt weiter zu verfolgen.

An der Eingangstür ist, wie fast jeden Tag, ein Gedrängel derjenigen, die hoffen noch einen Tisch zu ergattern, obwohl sie nicht reserviert haben. Das kümmert mich wenig, denn ich sitze hier unverrückbar, neben einer bildschönen Frau, die mich interessiert. Plötzlich wird es von der Tür her  etwas lauter. Jemand hat sich durchgedrängt, ohne seine Reihenfolge abzuwarten. Die selbstsichere Dame, die sich einen Weg gebahnt hat, glaube ich zu erkennen, ohne sie sofort einordnen zu können. Woher kenne ich die auffällige Erscheinung? Sie ist ziemlich verwegen gekleidet in einer Mischung aus exquisiter Eleganz und Hinterhof Punk. Ein Punk mit diesem Alter?

Ach ja.

Muss das gerade jetzt sein, wo ich in einen frischen Flirt vertieft bin?

Die Neuangekommene ist, das sieht jedermann sofort, eine ungewöhnlich gut aussehende Frau. Sie ist Halbafrikanerin, das weiß ich. Ihre Haut ist wie helle Milchschokolade, über den hohen Wangenknochen glänzen zwei tiefschwarze Gazellen Augen. Die Dame hat das exotische Gesicht einer schönen Löwin. Als ihr Blick geradeaus in meine Augen fällt, da wird alles klar.

Ja, das Leben hat ihr ein paar graue Strähnen in die schwarze Haarpracht gezwirbelt und ein paar freundliche Pfunde auf die Hüften gepackt. Aber die aufreizende Ausstrahlung ist dieselbe geblieben wie damals.

Wenn ich in meiner Vorstellung einige Lachfältchen wegretuschiere und ein paar Zentimeter von Hüften und Taille wegnehme, dann ist sie wieder die Alte. Vor rund 25 Jahren waren wir ein tolles, bis über beide Ohren verliebtes, Paar. Damals hat für kurze Zeit alles zusammen gepasst. Beide waren wir gleichermaßen verliebt ineinander. Es war die ganz große Magie, auf allen Ebenen. Leider konnten wir das Glück nicht festhalten. Aber ein unsichtbares Band hat uns seitdem verbunden. Egal, ob wir tausende von Kilometern auseinander lebten, oder in der gleichen Stadt. Die Erinnerung an diese Frau blieb immer lebendig. Ihren Verlust habe ich nie verschmerzt.

Jetzt rutsche ich von meinem Hocker, gehe ihr entgegen und umarme die schöne Frau. Sonya duftet betörend.

Wie soll es jetzt weitergehen?

"Wollen wir es nochmals versuchen?" frage ich mit rauer Stimme in ihr Ohr, während wir uns aneinander drücken.

Mein Körper ist immer noch gierig nach ihrem.

Sie antwortet, ohne zu zögern:

"Darum bin ich doch hierhergekommen".

Das Restaurant, die anderen Gäste, selbst die Dunkelhaarige an der Theke sind vergessen.

# PARTNERTAUSCH

Es ist bereits Nachmittag, so dass in meinem Lieblingslokal der große Ansturm  bereits verebbt ist und einige Plätze frei geworden sind. Wegen der relativen Ruhe konnte ich das kleine Drama am Nachbartisch miterleben. Dort sitzt ein gutaussehendes Paar. Beide ca. Mitte Dreißig, elegant doch gleichzeitig solide gekleidet. Ein gut bürgerliches Paar, ohne besondere Ecken und Kanten. Mein Eindruck ist, dass die Dame unter dem schwarzen Haarschopf mehr Klasse hat als er. Sie ist selbstsicher und scheint weltgewandt zu sein. So, als ob sie schon herum gekommen wäre und Vieles erlebt hätte. Außerdem versteht sie es, ihren weiblichen Charme geschickt einzusetzen. Sie schafft eine weiche, sinnliche Stimmung um sich herum,  mit nur ein paar geschickten Bewegungen, einem Augenaufschlag, der viel Verheißung in sich birgt, und dem kehligen Lachen ihrer rauen Stimme. Diese Frau ist erfahren, der Mann ihr gegenüber hat ihr nur wenig entgegenzusetzen. Er ist ein wenig spießig, so als hätte er sich wenig in der Welt umgesehen.

Er beobachtet sie bewundernd. Klar, für ihn ist dieses Gegenüber so etwas wie eine Außerirdische. Seine Blicke folgen jeder Bewegung ihrer schlanken Finger. Auch wie sie den Ausschnitt ihrer Bluse etwas öffnet, damit er mehr zu sehen hat. Immer wieder tauchen seine Augen tief ab in die ihren. Sicher jagen ihm ihre samtigen Blicke ein warmes Gefühl durch den ganzen Körper. Wenn sie genüsslich auf ihrem Stuhl hin-und her rutscht, dann wird nicht nur ihrem Gegenüber warm. Nein, im ganzen Raum erhöht sich die Temperatur.

Das Gespräch der beiden dreht sich um kein festes Thema, sondern sie tippen in lockerer Reihenfolge die unterschiedlichsten Aspekte des Zusammenlebens an. Die Frau betont mehrmals wie wichtig ihr die Zuverlässigkeit ihres Partners in jeder Beziehung ist. Jawohl, Treue und Zuverlässigkeit in der Ehe haben ihre höchste Priorität. Sie braucht etwas zu viele Worte und wiederholt sich zu häufig, um glaubhaft zu sein. Trotzdem hört er aufmerksam zu, nickt und bestätigt. Was bleibt ihm anderes übrig, wenn er sich ihre Sympathie nicht verscherzen will? Er setzt noch einen drauf. Jawohl, absolut vorhersehbar wünscht auch er sich die gemeinsame Beziehung. Und endlos. Wer würde es wagen einer so attraktiven Frau mit diesen klugen Ansichten zu widersprechen? Sicher nicht dieser Mann, der jetzt so wirkt, als hätte er diesen Treueschwur schon allzu oft gehört und nicht immer geglaubt.

Sie sprechen über dieses und jenes, über die gescheiterte Ehe von Herbert und Marlies. Das hatten sie kommen sehen. Klar, Herbert ist die Unzuverlässigkeit in Person, Marlies hätte das wissen müssen. Sie reden auch über andere, die es geschafft haben. Aber natürlich sind die Geschichten des Scheiterns saftiger. Ihnen beiden kann nichts geschehen, sie sind gefestigt. Sie halten zueinander, weil sie noch an die alten Werte glauben.

Eigentlich wird das Gespräch am Nachbartisch langweilig, weil es so gar keine Überraschungen bringt. Beide wiederholen ständig die gleichen Positionen. Da entwickelt sich nichts, da ist nichts im Fluss. Eigentlich könnte ich weghören.

Bis plötzlich Peter hereinstürmt. Selbstsicher, sogar ein bisschen arrogant kommt Peter daher, auf einer Wolke teuren Parfüms. Zu dem grauen Anzug trägt Peter ein knallrosa Hemd, eine so laute Farbe als würde Peter für eine große Telefongesellschaft Reklame laufen. Peter kennt die beiden am Nachbartisch.
 Er drückt der Dame ein Küsschen rechts und ein Küsschen links auf die Wange, umarmt sogar den Herrn mit kräftig, männlicher Geste und beteiligt sich sofort forsch am Gespräch. Doch er kann sich weder mit Brigitte noch mit Ernst solidarisieren. Peter meint, dass zu einem guten Paar auch ein bisschen Lockerheit gehört.
 Wie er das meint zeigt er, als er Brigitte kräftig unterm Ohr auf den Hals küsst. *Vorsicht, Knutschfleck!* Denke ich. Ich sehe von der Seite, wie Brigittes Hand unter Peters Sakko verschwindet. Dort ist sie heftig mit Peters Körper beschäftigt.
"Ernst, ich hoffe, es macht dir nichts aus, aber Brigitte und ich haben heute noch etwas vor."
 Peter hilft Brigitte in den Mantel und zieht sie schnurstracks zur Tür hinter sich her.

Ernst bleibt sitzen und grübelt, er versteht die Welt und
seine Brigitte nicht mehr.

# SCHEIDUNG

Kurzer Dialog. Am Nachbartisch mitgehört am 29. Juni 2015:

„Max lässt sich scheiden", jammert die brünette Betty schluchzend.

„Das tut mir leid", antwortet die blondgelockte Sylvia. „Aber was kann ich für Dich tun?"

„Für mich brauchst Du gar nichts zu tun. Max ist Dein Mann."

# ARBEITSTEILUNG

Diesmal sitzt in meinem Lieblingslokal am Nachbartisch ein junges Paar wie aus dem Modekatalog. Beide sind sie groß und schlank. Sie trägt das schwarze Haar zu einer sehr stilvoll geschnittenen Frisur. Ihr Friseur scheint eine Vorliebe für exakte Geometrie zu haben. Ein schmales Gesicht mit hohen Wangenknochen, volle, hellrote Lippen und ein strahlendes Lächeln der perfekten Zähne machen sie zu einer Schönheit, die unübersehbar ist. Sie trägt ein schwarzes Kostüm, das aus einem sehr feinen Stoff geschnitten und anscheinend genau nach ihren Massen gefertigt ist.

Sein langes, blondes Haar umrahmt ein selbstsicheres Gesicht mit scharfem Profil. Trotz seiner Jugendlichkeit sind die Lachfältchen bereits eingekerbt. Er ist ganz in grau gekleidet. Ein dunkelgrauer, elegant geschnittener Anzug, dazu ein etwas helleres, ebenfalls graues Hemd. Er trägt keine Krawatte, dafür aber in der Brusttasche ein auffällig farbiges Seidentuch.

Die beiden harmonieren gut. Sie scheinen aus derselben Gesellschaftsklasse und ähnlichen Berufen zu kommen. Sie sprechen über Investitionen. Aktien oder Immobilien? Das ist der Knackpunkt. Sein Vater hätte ihm geraten, das Geld nach alter Familientradition in wertbeständigen Gebäuden anzulegen. Auch sein Onkel hat gute Tipps gegeben. Dabei geht es jeweils um Immobilien in

Einzugsgebieten deutscher Großstädte.

Sie hört aufmerksam zu, nickt von Zeit zu Zeit.
Dann schmettert sie seine Vorschläge ab:
"Schnee von gestern. Eure Familientradition in Ehren.
Das ist alles überholt. Keine anständige Rendite.
Immobilien sind mega-out."

Nachdem die beiden bei Babak ihr Essen bestellt haben,
zieht die Dame aus ihrer schwarzen Handtasche eine
Klarsichtmappe, voller Schriftsätze und Statistiken. Sie
überschüttet den jungen Mann mit Ziffern. Sie weiß alles
über Zukunftsindustrien, digitale Vernetzung, Gewinn-
projektionen, Shareholder Value, Outsourcing und
Synergien. Außerdem kann sie jede ihrer Behauptungen
durch Zahlenreihen untermauern. Was die Dame
vorschlägt, ist ein gut durchdachtes Szenario, gegen das
es keinen Widerspruch gibt.

Der blonde Mann hört sich ihren Vortrag eine Weile lang
an  und meint dann:
"Beeindruckend."
"Ja", antwortet sie, "vielleicht solltest du dich besser um
die Kinder und den Haushalt kümmern."

## STRIP

Wieder ist die Stimmung fröhlich in meinem Lieblingslokal in Köln. Und wieder habe ich das Glück neben zwei attraktiven Damen am Nachbartisch zu sitzen. Beide sehen toll aus und sind so elegant gekleidet, als würden sie Hartz IV nur aus den Medien kennen. Ihr Schmuck ist dezent, von guter Qualität. Gold mit blitzenden Diamanten. Smaragde in glänzendes Silber gefasst.

Die Blonde im bordeauxroten Kostüm spricht etwas lauter als ihre dunkelhaarige Freundin, ganz in Schwarz. Beide haben sie Männer und Kinder zu Hause und nebenher die eine oder andere anregende Affäre. Die Kinder entdecken schneller als die Ehemänner die aushäusigen Affären. Ihre Antennen sind noch nicht abgestumpft.

Genug Gesprächsstoff also für ein ausgiebiges Mittagessen. Es scheint sie nicht zu stören, dass alle Gäste an den Nachbartischen mithören können, wie man in Kölns besserer Gesellschaft *„Bäumchen wechsel dich"* spielt.

Nur als sie über die für Freitagabend geplante Strip Party sprechen, senken sie ein wenig die Stimmen. Ich, nahe dran sitzend, verstehe immer noch gut genug.

„Bringst Du Lars endlich mal mit?" Fragt die Elegante in Rot.

„Ich fürchte, ich kann selber nicht kommen", antwortet die Freundin,

**„Ich habe nichts Auszuziehen."**

# GROSSE LIEBE

Richtig lieb gehen die beiden jungen Leute am Nachbartisch miteinander um.

Vor allem er bemüht sich sehr ihr zu imponieren Das Haar ist dandyhaft etwas zu lang und so frisiert, als lebe er noch zu Zeiten Oskar Wildes. Er ist in teures Tuch gekleidet, an seiner Uhr blitzen Diamanten.

Er bemüht sich, die junge Frau ihm gegenüber zu beeindrucken. Weniger durch großartige Geistesblitze, als vielmehr durch gut einstudierte Angeberei und den aufwendigen Lebensstil, den seine Eltern ihm ermöglichen.

Er erwähnt bereits zum dritten Mal die große Villa, die seine Eltern bei *Saint Tropez* besitzen und die schnittige Luxusjacht im nahen Hafen, auf der er gewöhnlich seinen Sommer verbringt

Sie bleibt bei all der Angeberei ziemlich gelassen. Sie trägt ein beständiges Lächeln im hübschen Gesicht, sie ist einfach aber geschmackvoll gekleidet. Sie trägt das dunkelblonde Haar hochgesteckt zu einer eleganten Frisur, ganz ohne Firlefanz. Sie stammt eindeutig aus einfacheren Verhältnissen als der junge Industriellensohn. Sie hört lächelnd zu, ohne auf seine Protzereien einzugehen.

Er begleitet seine Erzählung von den tollen Partys, die er im Pool Haus schmeißt mit ausladenden Gesten. Die weißen Manschetten sind weit aus den Jackenärmeln gerutscht.

Die beiden bestellen ein leckeres Essen mit Gemüse und viel Salat. Anscheinend speisen beide gesundheitsbewusst. Zum leichten Essen teilen sie sich eine Flasche Mineralwasser. Er redet von Austern und Champagner bei seinem letzten Ausflug nach Paris, wo er natürlich immer in *La Tour d'Argent* oder im *Flore* speist. Ganz nebenbei versucht er sie von seiner grenzenlosen Liebe zu überzeugen. Wer weiß? Vielleicht könne sie einheiraten in eine Welt der Schönen und Reichen, wenn sie sich ihm an den Hals schmeißen würde? Die Welt des permanenten Luxus. Materielle Einschränkungen seien undenkbar in seiner Familie. Großzügigkeit in jeder Situation sei alleroberstes Gebot in seiner Gesellschaftsklasse.

Das Gespräch verläuft ohne Überraschungen. Er redet pausenlos, fast ohne Atem zu holen, versucht sie zu beeindrucken. Sie lauscht lächelnd mit schräg geneigtem Kopf. Erst als der Kellner Martin die Rechnung bringt, gibt es einen kurzen Moment der Unsicherheit. Martin fragt:
" Geht das zusammen?"
Der Jungindustrielle antwortet entrüstet:
"Nein, getrennt, natürlich!"

# CSD

In meinem Lieblingsrestaurant, das in Köln fast jeder kennt, gibt es immer etwas zu beobachten:
Heute, am *"Christopher Street Day"*, ist das Publikum in meinem Lieblingslokal bunter als üblich. Bei den Herren sind die grauen Sakkos und auch die Hemdsärmel fast verschwunden, zu Gunsten von muskulösen Oberarmen, die aus engen T-Shirts quellen.
Auch die traditionelle Paarkonstellation, in der sich jeweils ein Mann und eine Frau gegenüber sitzen, ist in die äußersten Ecken des Restaurants verdrängt worden. Heute sitzen sich ganz andere Paare gegenüber. Junge Männer mit jungen Männern. Auch mal ein älterer Mann mit einem ganz jungen. Oder Gruppen, bei denen die Grauhaarigen bestimmen, was bestellt wird, auch wenn die Jungen mal schmollen. Frauen aller Generationen in knappen Tops und glatt nach hinten frisierten Haaren. Die jungen schmusen miteinander. Da, wo der Altersunterschied auffällig groß ist, da hält man mehr oder weniger diskret Händchen.

Am Nachbartisch, neben mir, speist ein auffällig konservatives Paar. Junge Leute, traditionell aussehend, mit viel Geschmack gekleidet. Sozusagen ein richtiges Musterpaar, wie Schwiegereltern sich die nächste Generation wünschen. Beide sind wirklich attraktiv: Er ist groß und schlank, ganz in elegantes Schwarz gekleidet. Ein sonnengebräuntes Gesicht aus dem kluge, grüne

Augen blitzen. Kurz, ein Traummann nach dem sich Frauen jeder Generation umdrehen würden.

 Sie, kurzes, rotes Haar, das sie mit viel Gel zu frechen Zacken gestylt hat, umrahmt ihr harmonisches Gesicht. Eine helle Hose und eine gut dazu passende Jacke machen aus der jungen Frau eine Dame, die ihren feinen Schmuck mit Eleganz trägt. Alle beide lächeln sie mit regelmäßigen Zähnen schnell und häufig.
Sie halten Händchen, sprechen über Partys und Reisen. Wichtige gemeinsame Pläne scheinen die beiden nicht zu schmieden. Ob sie gemeinsame Kinder haben, geht aus ihrem Gespräch nicht hervor. Inzwischen habe ich ihre beiden Namen mitbekommen. Der schicke André redet seine Freundin mit Cathy an. Über den üblichen Beziehungsstress sprechen die beiden nicht.

Nur einmal äußert Cathy Sorgen:
"Das wäre dumm, wenn jetzt Helga herein käme.
 Sie würde  einen Riesenzoff machen, wenn ich hier mit einem Mann sitze.
Helga glaubt mir niemals, dass Du schwul bist, André."

# ALTE LIEBE

In meinem Lieblingslokal sitzt diesmal am Nachbartisch ein Paar gesetzten Alters. Graue Haare sowohl bei ihm, wie auch bei ihr. Beide wirken sehr gepflegt. Kleidung und Frisuren sind elegant. Die Dame trägt ein dezentes und sorgfältig aufgetragenes Make-up.

Beide gehen freundlich miteinander um. Es scheint fast, als seien sie frisch ineinander verliebt. Ungewöhnlich in diesem Alter, aber nett anzusehen. Im Gespräch, das ich als nah dran sitzender Tischnachbar mithören muss, stellt sich heraus, dass die beiden für lange Zeit miteinander verheiratet waren. Vor ungefähr 10 Jahren kam es zur Scheidung. Er tat sich mit der Dame aus seinem Vorzimmer zusammen und sie verfiel einem feurigen Latinlover. Die Trennung war schmerzvoll aber ordentlich geregelt.

Jetzt vermischen sich in der Erinnerung die schönen und die schweren Momente. Die guten Erinnerungen scheinen zu überwiegen, obwohl die beiden sich da nicht ganz einig sind.
Heute bedauern sie die verletzenden Worte von damals.
Beide sagen, die Rechtsanwälte hätten sie gegeneinander aufgehetzt. Die Dame muss sich auf die Zunge beißen, um nicht wieder alte Vorwürfe heraus zu kramen. Auch der Mann hält sich gerade noch zurück, nachdem er begann: "Aber du hast..."

" Das sind doch Dinge, über die wir heute nicht mehr zu streiten brauchen."

So einigen sie sich vernünftig. "Es ist viel Wasser den Rhein hinunter geflossen."

Der Kellner Giancarlo hilft bei der Auswahl der Speisen. An den Vorlieben des früheren Paares scheint sich wenig geändert zu haben. Ein bisschen Fisch und dazu leichtes Gemüse. Den Nachtisch wollen sie teilen. Er bittet sie den Wein auszuwählen:

"Da weißt du besser Bescheid als ich. Ich bin der ungehobelte Klotz geblieben, der ich immer war."

"Ohh, ich dachte, deine Angela hat dir das beigebracht?"

"Ach, die Angela, das war nichts, das hat nur 4 Monate lang gehalten. In der habe ich mich geirrt."

Sie: "Na so was, ich glaubte, ihr seid immer noch zusammen. Mit meinem Marco war's auch schon nach einem halben Jahr vorbei."

Er scheint erleichtert, legt seine Hand auf ihre. Seine Stimme klingt ein wenig unsicher als er sagt:

"Wenn wir beide aus der Sache gelernt haben, dann könnten wir es vielleicht nochmal miteinander versuchen. Wie wär's erstmal mit einem gemeinsamen Urlaub im nächsten Sommer?"

"Wunderbar. Ich freue mich" antwortet sie.

Sie lehnen sich über den Tisch zueinander und küssen sich zart auf die Lippen. So wie junge Paare das eben tun.

# EMANZIPATION

Heute ist in meinem Lieblingsrestaurant etwas ganz Außergewöhnliches geschehen. Das grauhaarige Paar mittleren Alters am Nachbartisch bespricht sehr ausführlich die Speisenkarte.

Der Herr ist füllig, mit rundem Rücken. Sie sitzt sehr aufrecht in ihrem Stuhl, sie strahlt Bitterkeit aus und selbst beim Sprechen hat sie die Mundwinkel fest nach unten gezurrt. Ihr Leben hat sie nicht glücklich gemacht. Das lässt sie sich anmerken. Das Paar überlegt hin und her. Sie diskutieren pausenlos, sind sich nicht einig. Wobei sie immer das letzte Wort behält. Die beiden können sich lange nicht entscheiden:

"Was nimmst du?"... "Und du?"...

"Mal sehen...mmm..." "Vielleicht?..."

Eine Mischung aus Unsicherheit, Rechthaberei und negativen Erfahrungen. Ein Machtpoker.


Der Kellner Babak fragt mit sehr freundlichem Lächeln: "Haben Sie schon etwas gefunden?"

Die Dame antwortet schnell und deutlich: "Ja".

Dann bestellt sie zweimal das, was sie selbst am liebsten isst.

Und jetzt geschieht das Wunder. Ich falle fast vom Stuhl vor Überraschung:

Der Mann sagt laut und klar: "Nein!" und bestellt nach seinem eigenen Geschmack. Fisch anstatt Fleisch.

Ist das der Beginn einer neuen Ära? Ist plötzlich die Emanzipation für Männer ausgebrochen? Er entscheidet selber, was er isst! Bodenlose Unverschämtheit oder werden die Männer sich ein eigenes Selbstbewusstsein zulegen? Ist das nur der Anfang, und werden sie in Zukunft T-Shirts mit dem frechen Aufdruck ***MEIN TELLER GEHÖRT MIR*** tragen?

Der nächste Schritt zur männlichen Emanzipation wäre dann der, auch mal achtlos am Schaufenster des Juweliers vorbeizugehen und auf ihre Bemerkung hin zu antworten:
"Nein, der Ring ist geschmacklos und außerdem ist er zu teuer."

Natürlich muss er dann am Abend mit ihrer geballten Rache fertig werden, wenn sie ihn mit dem üblichen Ritual abstraft: "Nein Liebling, heute Abend nicht. Ich habe Kopfschmerzen!"
Sie weiß doch genau, dass er nichts von ihrem Kopf will.

# KINDERGARTEN

Heute sitzen am Nachbartisch in meinem Lieblingsrestaurant zwei Damen die sich verabredet haben um ein Problem zu lösen.

Die Ältere kenne ich. Sie ist die Leiterin der Kita gleich um die Ecke. Sie ist brillenbewaffnet und trägt das graue Haar in einer zu jugendlichen Frisur. Ihr gegenüber sitzt eine junge Mutter, vielleicht Ende zwanzig, gut gekleidet, selbstbewusst. Zu Hause hat sie vielleicht einen Mann mit hohem Einkommen? Die Mutter ist in ein feingemustertes Kostüm genäht, das ihre schmale Taille schön betont und ihr gleichzeitig Eleganz verleiht.

Es geht um den fünfjährigen Sohn von Frau Berlich.

„Marcus leidet unter allen Syndromen, die ihm das Zusammenleben mit anderen Kindern schwer machen." Sagt die Kita Leiterin.

„Dann sind die anderen Kinder wohl schlecht erzogen. An meinem Marcus kann es nicht liegen." Kontert Frau Berlich kaltschnäuzig.

„Tut mir Leid, Frau Berlich, es ist Marcus der jeden Streit beginnt. Wir erleben ihn schließlich täglich."

„Dann wird er wohl von den anderen provoziert."

Es folgt, ein sich ständig wiederholendes, hin und her. Jede der beiden Damen glaubt, so ginge es nicht weiter.

„Frau Berlich ich muss Marcus meiner Einrichtung verweisen, wenn er sich nicht von Grund auf ändert." Droht die Kindergärtnerin.

„Waas meinen Marcus? Stimmt, er ist für sein Alter schon

sehr selbstbewusst. Das ist nur von Vorteil für seine spätere Karriere. Er wird später in London studieren und Investment Manager werden."
So geht es hin und her, eine ganze Weile.
Frau Berlich bedauert, dass Kinder heutzutage in ihrer Entwicklung unterdrückt, anstatt gefördert werden. Frau Wentrup, die Kindergärtnerin sagt, in einer Gemeinschaft müssten alle Kompromisse eingehen. Eigentlich brauche ich nicht weiter hinzuhören. Die Fronten sind verhärtet, keine der Kontrahentinnen bewegt sich auf die andere zu. Frau Berlich ist unerschütterlich sicher, dass ihre nicht autoritäre Erziehungsmethode die einzig richtige für ihren Marcus ist.

Sie fragt sich, ob sie ihn in dieser „autoritären Erziehungsanstalt" lassen kann. Er könnte Schaden an seiner jungen Seele nehmen. Die Erzieherin glaubt, Marcus Einfluss auf die anderen Kinder ist so schädlich, dass er besser fernbleiben würde. Eigentlich sind sie sich einig. Aber das können die beiden nicht bemerken. Sie haben sich tief in ihre Feindseligkeit verfangen. Keine will nachgeben.
Ich höre tatsächlich nicht mehr zu. Vernehme nur das gleichmäßige Geplätscher der immer gleichen Argumente. Bis die Stimmen etwas schärfer werden.
 Frau Wentrup: „Die Eltern von Betty haben Anzeige gegen sie erstattet. Betty liegt mit einer schweren Kopfwunde im Krankenhaus. Marcus hat ihr eine Metallschaufel auf den Kopf geschlagen."
„Er wollte doch nur spielen."

# DOPPELT

Heute sitzt in meinem Lieblingsrestaurant am Nachbartisch eine sehr hübsche junge Dame, die ich in hier noch nie gesehen habe. Die Dame ist groß und schlank. Ihr feines Gesicht zeigt ein  permanentes Lächeln. Hinter einer leichten, randlosen Brille blitzen zwei kluge Augen. Blaugrau, wenn ich mich nicht irre. Genauso blaugrau wie das kaum gemusterte, halblange Kleid, das vorne von einem langen Reißverschluss zusammen gehalten wird. Die Dame trägt den Reißverschluss vom Hals bis zur Mitte der Brust geöffnet. Wohl weil heute ein warmer Tag ist. Sie sieht nicht so aus, als wolle sie durch den Einblick irgendjemanden provozieren. Ihre Waffe scheint ihr kluger Geist, mehr als der Körper.
Sie sitzt allein an ihrem Tisch und nimmt sich sehr viel Zeit die Speisenkarte zu studieren. Sie liest immer wieder rauf und runter und tippt währenddessen pausenlos mit einem langen, vorn geraden Fingernagel auf die Tischplatte.

Der Ober Constantinos kommt um die Bestellung aufzunehmen,  die Dame druckst noch ein wenig herum, dann kommt sie auf den Punkt: sie möchte das Orangenhähnchen, wünscht sich allerdings einen Wechsel bei den Beilagen. Außerdem möchte sie sehr genau den Inhalt der Sauce kennen. Auch hier bittet sie, eine der Zutaten wegzulassen. Als Constantinos all die unkonventionellen Wünsche noch einmal wiederholt hat, um sie ohne Missverständnis zu notieren, da fügt die

Dame noch schnell an: "Das Ganze zweimal bitte"
Constantinos zieht eine Augenbraue, hinter den
Brillengläsern, hoch und wiederholt fragend: "Zweimal?"
"Ja, bitte."
 Nicht nur Constantinos ist verwirrt. In diesen schlanken
Körper passen mit Sicherheit keine zwei Portionen.
Reichlich, wie sie hier üblich sind.

Es dauert nur so  lange bis das Essen fertig ist. Da hat
sich die Frage bereits wie von selbst beantwortet. Ein
junger Mann in gut geschnittenem Anzug betritt flotten
Schrittes den Raum. Er steuert geradewegs auf den Tisch
der der schlanken Dame zu, gibt ihr ein Küsschen auf die
Wange und setzt sich. Sein dunkles Haar fällt glatt bis
über die Ohren. Auch er ist Brillenträger und bevorzugt die
leichte, randlose Fassung.
Die beiden sprechen über dies und das. Ein bisschen
Wetter , ein bisschen Geschäftliches, eine private
Verabredung für den Abend. Smalltalk eben, ohne
besondere Höhen und Tiefen. Es stellt sich heraus, dass
sie  aus Köln ist. Er ist zu Besuch aus Pappenheim an der
Altmühl.
Da kommt auch schon  Constantinos mit den beiden
Essenstellern. Der junge Mann ist überrascht:
"Ich habe  noch gar nicht die Karte gesehen."
Die Dame: " Macht nichts, ist bereits alles erledigt."
Er sieht sich den Inhalt seines Tellers sehr genau an,
dreht auch das Fleisch und dann das Gemüse vorsichtig
mit der Gabel um. Dabei schnuppert er den Duft seines

Gerichts ein: "Genau was ich mir wünschte. Wie konntest
du das erraten?"
Sie antwortet mit einem fröhlichen Lächeln in der Stimme:
"Ich kenne meinen Pappenheimer."

# SPEISENKARTE

Wenn ich mit meiner vierjährigen Tochter auswärts zum Essen gehe, dann lauert in fast allen bürgerlichen Lokalen, glücklicherweise nicht in meinem Lieblingslokal in Köln, das leidige Problem mit dem Kannibalismus auf den Speisenkarten.

Gut, dass die Kleine noch nicht selber lesen kann. So umschiffe ich beim Vorlesen die gefährlichsten Klippen. Oder wie soll ich einem klugen Kind klarmachen, dass bestimmte Berufszweige oder auch Volksgruppen zum Verspeisen freigegeben sind? Erklären Sie mal, einen "Zigeunerspieß" oder ein "Jägerschnitzel". Wer ist denn nun saftiger? Das Kalb? Das Schwein? Oder der Jäger?
Und außerdem, warum dieser Unterschied zwischen Förstern und Jägern? Oder ist Ihnen schon einmal etwas Leckeres von der Hüfte des Försters angeboten worden? Natürlich nicht! denn der Förster lebt ständig grinsend  in seinem Reservat in Falkenau.
Außerdem gibt es "Wiener Schnitzel" auf fast jedem deutschen Teller.
Österreicher verspeisen? O.K.! Aber ist da wirklich ein entscheidender Unterschied im Geschmack zwischen einem Wiener und, sagen wir mal, einem Salzburger?
Aber da geraten wir schon in eine ganz andere Welt, die der Fastfood-Ketten. Hamburger oder Salzburger?
 Mit oder ohne Käse? Vielleicht auch Frankfurter?

Glück, dass wir Kölsche sind. Uns will man nicht essen.
Uns trinkt man.

## ERSTES RENDEZVOUS

Es ist wohl so gewesen, dass er ihr an der Straßenecke, 100m entfernt, auf den Fuß getreten ist. Dann hat er sie als Wiedergutmachung zu einem Gläschen eingeladen. Hier unter die Sonnenschirme. Jetzt sitzen die beiden am Nachbartisch in der Außengastronomie meines Lieblingslokals in Köln.

Sie haben sich vorher nicht gekannt, das geht aus dem Gespräch hervor, das ich mithören kann. Erst einmal tasten die beiden sich sehr vorsichtig aneinander heran. Name? Alter? Verbandelt? Mehr oder weniger fest?

Die junge Frau muss in ihren Zwanzigern sein. Ihr Haar ist eine gewagte Mischung aus Locken und Wellen. Man könnte das Ganze gut als Spaghettihaar bezeichnen. In den Jeans hat sie Löcher und Risse, so wie man sie eben hat, wenn man darauf achtet was in ist. Obenherum trägt sie eine Jeansjacke über einem schwarzen T-Shirt, auf dem ein paar bunte Farbflecken sind. Auch unter den Fingernägeln hat sie eingetrocknete Farbreste. Alles in allem wirkt die Frau frisch, unkonventionell und ungeheuer attraktiv. *Vielleicht ist die Dame Künstlerin?* Das würde in diese Nachbarschaft passen.

Der junge Mann ist ein paar Jährchen älter, als sein Gegenüber. Er ist in einen dunklen Anzug gekleidet trägt dazu ein weißes Hemd, weit offen, ohne Krawatte. Er hat dunkles Haar, das über den Ohren sorgfältig zurechtgestutzt ist. *Vielleicht ist er einer der vielen Steuerberatungsfirmen in der Nachbarschaft entsprungen und verdient schon richtig Geld?* Er lässt sich Bobby nennen.

Er sagt zu seiner ganz neuen Bekanntschaft: „War eine gute Idee Ihnen auf den Fuß zu treten. Wir passen ganz gut zusammen. So sieht es zumindest auf den ersten Blick aus."

Sie strahlt und antwortet sehr rasch, fast ohne zu überlegen:

„Warum nicht gleich ein Schrittchen weitergehen? Kommen sie mit ins Atelier. Gleich um die Ecke. Vielleicht gefällt ihnen eins meiner Bilder? Sie kaufen es. Ich kann meine Miete bezahlen. Dann falle ich ihnen dankbar um den Hals. Und im nächsten Frühjahr bekommen wir unser erstes gemeinsames Kind."

„Los gehen wir" antwortet er. „Ich wollte schon immer Kinder."

# RESERVIERUNG

Weil in meinem Lieblingsrestaurant fast jeden Tag jeder Tisch besetzt ist, lassen sich manche Gäste Abenteuerliches einfallen, um einen freien Platz zu ergattern. Mancher erfindet sich einen Namen, von dem er glaubt er könne auf der Reservierungsliste stehen, oder man kennt einen Prominenten, der wahrscheinlich ständig einen Tisch reserviert hat. So manchen Fremden habe ich schon gesehen, wenn er versuchte sich unter falschem Namen einzuschleichen. Nein, meistens funktioniert es nicht. Zu gut kennen Amin, Michele, Martin, Massimo und vor Allem der Chef ihre Stammkundschaft.
Ich sitze an der Theke und trinke den Espresso nach einem ausgezeichneten Essen. Die vollbesetzten Tische sind in meinem Rücken. Rechts von mir ist die Eingangstür. Dort warten einige Gäste in der Hoffnung auf einen frei werdenden Tisch. Links neben mir sitzt ein dicker Herr im dunklen Anzug, der auch Espresso schlürft. Rechts von mir sitzt eine blonde Dame, die ihren kleinen Finger ganz weit von ihrem Weinglas wegspreizt und sich überlaut mit einer Freundin unterhält.
Vom Eingang her dringt eine grelle Frauenstimme, es klingt fast wie ein kleiner Aufruhr, den  Martin diskret zu schlichten weiß. Trotzdem kann ich gut verstehen, wie die Dame, die sich inzwischen durchgedrängelt hat, geradeheraus behauptet:
" Ich bin mit Herrn Clasen verabredet."

Dabei fällt ihr Blick auf die Theke, an der ich sitze. Die Unbekannte schaut mir geradeaus in die Augen. Ganz schön selbstsicher. Wir sind uns noch nie begegnet und bestimmt nicht miteinander verabredet.
Martin schaut mich an. Ich schüttele leicht den Kopf. Martin nimmt den Ball perfekt auf:
„Wir wissen auch nicht was los ist. Wir haben Herrn Clasen seit zwei Tagen nicht gesehen."

# TECHNOLOGIE

Wieder ist es ein außergewöhnlich schöner Sommertag in Köln. Vor meinem Lieblingslokal boomt die Außen Gastronomie. Fast jeder Tisch ist besetzt. Ein lautes Stimmengewirr macht die weiter entfernten Gespräche unverständlich. Unter den großen Sonnenschirmen sitzen fröhliche Menschen in heller Kleidung. Ich kann mithören, wie am Nachbartisch ein älteres britisches Ehepaar über sein Handy schimpft. Die beiden trinken  weißen Wein mit Eiswürfeln drin. Beide haben bereits graue Haare. Bluse und Hemd sind frisch gebügelt, so wie es sich gehört, wenn man auf dem Kontinent bei den Cousins zu Gast ist. Beide sprechen sie stubenreines Oxford English, kein bisschen Slang so wie man ihn von Fußballfans oder Amerikanern gewöhnt ist.

Die beiden älteren Engländer haben ein ernstes Problem mit ihrem cellphone, wie man dort sagt. Es funktioniert nicht, hier auf dem Kontinent. Aber sie möchten dringend zu Hause anrufen. Ein neues Gerät? Oder loggt sich der Anschluss  zum Roamingpartner nicht richtig ein? Mit spitzen Fingern streichen sie Zeile für Zeile durch die Gebrauchsanweisung, lesen Anweisungen laut vor, drücken Knöpfe, lauschen und sind wieder enttäuscht. Ich kann  hören, dass beide erregt miteinander diskutieren. Sie sind ganz nahe daran  zu streiten. Jeder will besser als der andere wissen, wie das kleine technologische Wunder zu bedienen ist. Aber durch den  Zwist wird die

Verbindung auch nicht besser. Die beiden alten Leute sind ziemlich entmutigt durch die moderne Technik, die nicht immer das hält, was die Werbung verspricht.

Da steht Ella, meine fünfjährige Tochter, von unserem Tisch auf. Sie marschiert mit strammem Schritt zum Nachbartisch und dort bietet der Dreikäsehoch seine Dienste an:
"Sorry, may I help you with your telefon?"
Den beiden Engländern bleibt der Mund offen stehen. Doch bevor eine Antwort gefunden ist, hat Ella mit schöner Selbstsicherheit bereits das Handy gegrabscht, drückt mit ihren dünnen  Fingerchen schnell ein paar Tasten, dann lauscht das kleine Mädchen in den Hörer, schüttelt den Kopf, tippt noch ein paar Nummern ein und lauscht nochmals.

Jetzt strahlt die Kleine glücklich über das ganze Gesicht. Sie reicht dem englischen Gentleman sein Telefon:
"Everything is O.K. No problems."
Der Herr meint zu Ella:" Thank you."
Und zu seiner grauhaarigen Gattin:" That's the new Generation."

# NOCH EIN MISSVERSTÄNDNIS

Wieder einmal sitze ich in meinem Lieblingslokal in Köln nach einem guten Essen an der Theke und trinke den abschließenden Espresso. Ich habe mir viel Zeit gelassen, darum ist es schon spät. Am Nachmittag ist das große Gedrängel  vorbei. Man kann schon wieder das eigene Wort verstehen. Die wenigen Gäste  um diese Zeit kommen hauptsächlich um sich in Ruhe unterhalten zu können, einen kleinen Flirt zu probieren, oder um die Zeitung zu lesen. Es sind wieder viele Plätze frei, wie das nach dem Mittagessen so ist.

Hocherhobenen Hauptes kommt eine Dame herein. Schneller Blick nach rechts, dann schneller Blick nach links. Nachdem sie das Terrain sondiert hat, kommt sie schnurstracks auf die Theke zu. Sie schwingt sich auf den Hocker neben mir, hängt ihre Tasche an den kleinen Messinghaken, der dafür vorgesehen ist, rückt sich bequem auf dem Hocker zurecht und schlägt die Beine übereinander. Sie zeigt mir dabei ein schönes Stück Oberschenkel. Sie schaut mir mit warmem Lächeln geradeaus in die Augen und beginnt sofort  lebhaft zu sprechen, fast atemlos:
"Ich habe sie gleich erkannt. Wir hatten miteinander telefoniert. Wir sind miteinander verabredet. Entschuldigen sie bitte, dass ich 5 Minuten zu spät komme." Hektisch und fast ohne Pause.  Mir fällt der Kinnladen herunter. Ich habe mit niemandem telefoniert und mich mit niemandem

zu einem Blinddate verabredet.

*Aber warum nicht?* Ich sehe mir die Dame noch einmal an. Sie sieht so aus, wie ich mir meine Gefährtin wünsche. Sie gefällt mir. Ein schönes, energiegeladenes Gesicht. Sie ist etwas Besonderes. Ein pfiffiger Haarschnitt, der sie angenehm von der üblichen Dauerwelle unterscheidet. Außerdem blitzen die Augen vor Lebendigkeit. Die Lippen scheinen sinnlich zu sein. Wie sie wohl küsst? Die Fremde strahlt Wärme, Klugheit und Spontanität aus. Auf jeden Fall wirkt sie nicht wie eine Langweilerin. Vielleicht ist sie auch noch intelligent und an sinnlichen Dingen interessiert?

*Warum also das Missverständnis aufklären? Es gibt keinen guten Grund dafür, die Sache nicht weiterlaufen zu lassen.*
"Na klar", antworte ich. "Ich freue mich, dass sie fast pünktlich kommen konnten."
Sie reagiert sofort: "Sie waren mir schon am Telefon sympathisch, auch wenn die Stimme ein wenig anders klang. Ich wollte  sie nicht verpassen."
 Sie hat ein fröhliches Blitzen in den Augen, so spitzbübisch, als spiele auch sie ein Spielchen mit mir. Weiß sie, dass sie gar nicht mit mir verabredet ist? Überspielt sie ihre Unsicherheit? Während sie redet, strahlt sie viel frische Energie aus und stellt ganz ungeniert direkte Fragen.
So wie ich es auch gern mache.

Wer weiß. *Vielleicht ist heute mein Glückstag? Donnerstag der Zwölfte?* Es wird ja auch langsam Zeit, dass wieder einmal etwas Schönes geschieht. Wir reden noch ein bisschen hin und her, kommen uns dabei schnell näher. Später setzen wir uns dann an einen der freien Tische. Tatsächlich, da ist es bequemer. Und da ich ihr jetzt gegenüber sitze, kann ich tief in die freundlichen, braunen Augen eintauchen. Wir haben uns bereits oberflächlich angefreundet und je länger dieses Gespräch dauert, desto mehr gefällt mir die fremde Dame. Ganz vorsichtig haben wir bereits abgetastet, wie ähnlich oder unterschiedlich unsere Vorstellungen im Allgemeinen sind. Ob der (die) andere in festen Händen ist (das ist wichtig zu wissen), und wie locker oder ernsthaft man mit einer neuen Beziehung umgehen würde.

Fast alles passt. Soweit das eben möglich ist. Wir haben sehr viel gemeinsam. Ähnliche Interessen, ähnliche Erfahrungen, aus denen wir allerdings unterschiedliche Schlüsse ziehen. Ähnliche Wünsche und Hoffnungen, und sehr ähnliche Sensibilitäten. Meine Biografie bis hierher ist sehr bunt und etwas krause. Ihre ist bodenständig und geradlinig.

Vielleicht machen wir uns nur etwas vor, weil wir beide Lust haben? Ob aus diesem Missverständnis etwas Fröhliches wird, das wird sich erst herausstellen, wenn wir ausprobiert haben, wie weit wir miteinander zu weit gehen können.

Wessen Verabredung ist sie wohl gewesen, die Dame mit der ich jetzt einen fröhlichen Flirt habe? Irgendjemand hat das Rendezvous in meinem Lieblinglokal angeleiert, aber nicht für mich. Und dann behaupten einige Menschen, es gäbe keine Zufälle.

Wir leben jetzt schon drei Jahre zusammen. Ich habe das Missverständnis nie aufgeklärt. Wäre ja auch zu blöd, sie nachträglich zu verunsichern. Sie hat mir auch nie gesagt, was für ein Spielchen sie gespielt hat.

# SCHNELLER LERNPROZESS

Diese Geschichte spielt sich in zwei Teilen und an zwei unterschiedlichen Orten ab.

Ich sitze mit meiner Tochter Ella, sie ist damals vier Jahre alt und kann noch nicht lesen, in meinem Lieblings-restaurant in Köln. Um nicht die Speisenkarte von oben bis unten vorlesen zu müssen, vereinfache ich das Problem der Bestellung und frage erst einmal worauf die Kleine grundsätzlich Appetit hat:

"Fisch? Fleisch? Oder Nudeln?"

Sie möchte keine von den angebotenen Speisen. Am liebstem wäre ihr ein Teller mit viel unterschiedlichem Gemüse darauf.

"So etwas steht nicht auf der Karte," sage ich. "Aber wir können das sicher regeln."

Ich bitte also den Ober Michéle in der Küche aus den verschiedenen Beilagen einen schönen Gemüseteller zusammenstellen zu lassen:

Danach erkläre ich meiner Tochter: "Wenn du einmal etwas möchtest, das nicht auf der Speisenkarte steht, dann frag ruhig danach. Wenn Du freundlich und bestimmt fragst, dann bekommst Du meist auch was du möchtest."

Ella ist, ein paar Tage später, mit ihrer Mutter in einer italienischen Pizzeria auf der Venloer Straße.

Die Mutter fragt: "Was möchtest Du heute essen?"

Ella meint: "Hmm... Hummer mag ich."

"Hummer gibt es hier nicht" antwortet die Mutter.
Klein Ella selbstbewusst und ein wenig naseweis:
" Dann musst Du bestellen wie der Papa.
Wenn du höflich darum bittest, dann machen sie was du
dir wünschst in der Küche."

# KRIEG DER HÜTE

Ein wunderschöner, warmer Sommertag.
Die Außen Gastronomie vor meinem Lieblingsrestaurant brummt. Unter den großen quadratischen Sonnenschirmen ist fast alles bis auf den letzten Platz besetzt. Eine Dame, ganz in Weiß, schwebt heran. Sie trägt ein fein durchbrochenes Oberteil, das rockartig über die weißen Hosen fällt. Ihr riesiger weißer Hut scheint so groß wie ein Wagenrad zu sein. Die Krempe ist etwas breiter als ihre Schultern. Die Dame setzt sich auf den letzten freien Platz gegenüber dem Herren im hellbeigen Anzug. Da er an meinem Nachbartisch sitzt, kann ich das Gespräch mitanhören.

"Entschuldige, Liebling, dass ich so spät komme, aber mit diesem Hut kann ich nicht Cabrio fahren. Das Ding fliegt mir immer davon. Auf der Kreuzung Aachener- und Kanalstrasse musste ich anhalten und meinem Hut hinterherlaufen." Und dann etwas zu schrill:" Du kannst dir das blöde Gehupe nicht vorstellen!"

"Komm beruhige dich, bestell was Leckeres und freu dich über den schönen Nachmittag." Antwortet der Herr mit den graumelierten Schläfen.

Der normale Fußweg führt zwischen den Tischen des Restaurants hindurch. Manchmal, wenn alle Tische besetzt sind, und zusätzlich noch ein Radfahrer versucht, sich durchzuquetschen,  wird es ein bisschen eng. Ein Paar spaziert durch die Speisenden und hält Ausschau nach einem freien Tisch. Der junge Mann, mit Bart, trägt Jeans und ein farbenprächtiges Hemd. Die dazu gehörende Dame eine blau/grün/türkis gemusterte Tunika, dazu spitze Schuhe mit sehr hohen Stilettoabsätzen. Sie ist bekrönt von einem Gondoliere Hut mit schmaler, gerader Krempe und einem breiten, dunklen Band. Die Dame trägt das stolze Haupt unter dem Hut hoch, mit weit vorgerecktem Kinn.

Die beiden fragen hier und da, ob ein Tisch frei werden würde. Aber nein, es sieht schlecht aus. Wer hier sitzt, verbringt den größten Teil des Nachmittags. Eine Oase mitten in der Großstadt. Auch bei meiner Nachbarin, der Dame mit dem überdimensionalen Hut fragen die jungen Leute nach. *Vielleicht ist unter dem Hut noch Platz?* höre ich eine freche Anspielung.

Obwohl sie sitzt, antwortet die Dame in Weiß von oben herab: "Wenn sie nicht reserviert haben, dann haben sie keine Chance."
Und zu ihrem Gegenüber: "Phhffd... hast du das Kleid gesehen? Und das popelige Hütchen?"

"Hat den Vorteil, dass es im Cabrio nicht wegfliegt."
 wischt er den beginnenden Zickenkrieg beiseite.

# FLOTTER DREIER

In meinem Lieblingsrestaurant, das in Köln fast jeder kennt, ist immer etwas los.
Heute sitzt am Nachbartisch eine fröhliche Dreiergruppe, die sich lebhaft unterhält und kreuz und quer miteinander flirtet. Zwei junge Damen in knappen, weißen Tops und senkrecht gestreiften Hosen. Senkrechte Streifen machen schlanker, das steht immer wieder geschrieben. Bei der Dunkelhaarigen sind die Hüften so breit, dass auch die dollsten Streifen nichts mehr helfen. Die andere mit blondem Kurzhaarschnitt hat knabenhafte Hüften, die keine Streifen brauchen um schlank zu wirken. Der junge Mann ist austrainiert, er trägt halblanges Haar, bis weit über die Ohren und einen schwarzen Anzug übers dunkelgraue T-Shirt. Er versucht das Gespräch zu lenken und ist dabei bemüht  sein Interesse gleichmäßig auf beide Damen zu verteilen.

Wenn er einmal nach blond lächelt, vergisst er nie auch nach brünett zu lächeln. Auch die Komplimente verteilt er sehr gleichmäßig zwischen beiden Damen. Wenn er von der elastischen Spannung eines sehnigen Körpers schwärmt, dann blickt er der Blonden tief in die Augen. Hebt er die weibliche Sinnlichkeit der Vollschlanken hervor, dann streicht er kurz über die Hand der Dunklen.

Nachdem alle drei ihr Essen bestellt haben, wählt der Mann, sehr ritterlich, (er wird die Getränke bezahlen) einen besonders guten Wein aus. Dabei versucht er Eindruck zu schinden mit seinen Kenntnissen über die Weingüter im Burgund und in der Region von Bordeaux. Ja, er kennt genau die Bedeutung der unterschiedlichen, französischen Appellationen. Es gelingt ihm Eindruck zu machen, vor Allem weil der kluge Kellner Babak all seine Vorurteile bestätigt.

Der junge Mann, inzwischen habe ich erfahren dass er Eric heißt, hat eine Schlacht gewonnen. Er hat sowohl die schmale Blonde, wie auch die üppige Dunkelhaarige beeindruckt. *Dieser Mann ist weitgereist, er weiß was gut ist.*

Nur bei den Damen scheint er selber noch unentschieden, flirtet sie weiterhin gleichermaßen an, so als ob er noch nicht wüsste bei welcher er landen möchte. *Kann das gut gehen?*

Eric zelebriert das Probieren des guten Tropfens. Er lässt den Probeschluck mehrmals über die Zunge rollen, von vorne nach hinten und von links nach rechts. Er blickt zur Decke, macht schmatzende Geräusche mit den Lippen, lächelt erst die Dunkelhaarige und dann die Blonde an. Dann nickt er zufrieden in Richtung Oliver, der den Wein einschenkt. Auch Oliver beteiligt sich an dem zeremonienhaften Spielchen. Er hat verstanden, dass dieser Kunde beeindrucken möchte. Mit einer Stimmung, die ihn, Eric, als etwas Besonderes darstellt, die ihn sozusagen auf einen Piedestal hebt und zum Zentrum aller Interessen macht.

Vielleicht hängt Eric der verrückten Idee nach, er könne mit beiden Frauen gleichzeitig etwas anfangen? Auf jeden Fall lässt er die Blonde probieren von seinen Beilagen und die Dunkle ein Stückchen von seinem Fisch. Natürlich vergisst er nicht darauf hinzuweisen, dass das Beste am Fisch die Bäckchen unter den Augen sind. Ein viel gereister Mann eben, der vieles und noch mehr weiß.

Natürlich erzählt Eric keine Blondienenwitze und er hat auch sonst keine blöden Sprüche drauf. Bei den Geschichtchen, die er erzählt, behalten kluge Frauen die Oberhand. Eric weiß seinem Publikum zu schmeicheln.
Obwohl die beiden Frauen ihn intelligent und interessant finden, so sagen sie zumindest, verabschieden sie sich nach dem Dessert, legen sich die Arme um die Taillen und verkünden fast im Chor:
 "Tschüss, Eric, wir beide haben heute Abend noch etwas vor, und das hat nichts mit Männern zu tun."

# HANDY - HANDY

Heute sitzen am Nachbartisch in meinem Lieblings-restaurant zwei Leute, denen die Lebensfreude nicht aus den Augen blitzt.

Er ist grau, sowohl auf dem Kopf, wie im Gesicht, die Züge sind schlaff und gelangweilt. So, als würde er in anderen Regionen schweben und sich für das Jetzt und Hier in keiner Weise interessieren. Die Frau ihm gegenüber trägt überflüssig stark gelocktes brünettes Haar, drei/ vier harte Querfalten auf der Stirn eine doppelte Reihe von Tränensäcken unter den müden Augen, eine spitze Nase und darunter einen bitteren, dünnlippigen Mund. Die Falten am Hals sind ebenso vertikal, wie die auf der Stirn horizontal sind. Die Dame ist ebenso lustlos, wie der Herr. Beide sind sie in Tarnfarben gekleidet, dunkles Grau mischt sich mit Schwarz und dunklem Braun und auch das Grün ist so gedämpft, als sei es gerade Mitternacht über dem Teufelsmoor. Sie wollen nicht sehen und möglichst nicht gesehen werden.

Da blitzt kein bisschen Leben aus den gelangweilten Augen. Tote Fische blicken interessierter in die Welt. Natürlich ist auch die Konservation auf null. Sicher haben sie sich schon alles gesagt in einem gemeinsamen, enttäuschenden Leben. Die lieben Worte und die leidenschaftlichen, danach die bösen und die beleidigenden und dann die Wiederholungen, diese endlosen Wiederholungen. Jetzt haben sie sich nichts mehr zu sagen. Schwer vorzustellen, dass das früher einmal anders war. Er hängt gelangweilt in seinem Stuhl, sie hat die Schultern hochgezogen, wie ein kranker Vogel. Warum sollten sie miteinander sprechen? Aus dem Mund gegenüber wird keine neue Antwort kommen und auch der Gesichtsausdruck wird sich durch keine Regung verändern. Sinnlos. Haben sie beide entschieden.

Da kramt sie in ihrer Handtasche, fummelt mit beiden Händen in der Tasche unter dem Tisch. Sein Handy klingelt, eine Standarttonfolge, keine heruntergeladene Fantasie. Er antwortet nicht mit seinem Namen, sondern mit einem schlichten "Hallo?"

Auch sie hat jemanden in ihrer Telefonleitung. Die Frau hat sich nach vorn gelehnt und beide Ellbogen auf den Tisch gestützt. Die rechte Hand drückt das Handy ans Ohr. Der Mann hängt immer noch in seinem Stuhl. Jetzt sind ihre Nasenspitzen kaum eineinhalb Meter voneinander entfernt. Auch er drückt das Handy fest ans Ohr damit kein Ton vorbei geht, er lauscht und spricht abwechselnd.

Ich bin nicht interessiert diesen beiden Gesprächen zu lauschen. Sie werden im Inhalt ebenso monoton sein, wie sie in der Lautstärke gleichmäßig herüber plätschern. Obwohl ich nicht wirklich achtgebe, fällt mir auf: wenn der (die) eine redet, dann lauscht der (die) andere und anders herum.

Ja tatsächlich, das Paar hat sich entschlossen miteinander zu kommunizieren. Die Beiden telefonieren miteinander, keine zwei Meter voneinander entfernt.

# FUSSBALLGEHEIMNIS

In meinem Lieblingslokal schmeckt nicht nur das Essen gut, sondern dort trifft sich auch ein buntes Völkchen.
Vor allem kommen natürlich Gäste aus der Nachbarschaft. Das sind Geschäftsleute, häufig Galeriebesitzer, begleitet von Künstlern und Sammlern. Und da Köln eine Medienstadt ist, verkehren hier auch die Macher/innen aus der Flimmerkiste. Aber nicht nur Kultur schaffende haben sich hier ein Vivarium geschaffen. Nein, auch ganz profan, des Deutschen schönste Nebensache ist gut vertreten: Der Fußball, in all seinen Kategorien vom obersten Management, über die Männer mit den dicken Waden bis hinunter zum treuen Fan, der einmal sein Idol aus der Nähe sehen möchte. Man trifft sich hier um in gepflegter Atmosphäre zu fachsimpeln. Wer kann den schnellen Wechsel des 1. FC. Köln von einer Liga zur anderen besser analysieren als die Fachleute mit den grauen Haaren?
So ist's auch wieder heute.
Am großen Nachbartisch wird bei kühlem Kölsch heftig diskutiert über den Rang in der Bundesliga, die großen Leistungen des Stürmerstars, Fehlpässe in die oberen Zuschauerränge. Kommt Poldi zurück? Das Flügelspiel.
Ein Eigentor vom letzten Samstag, das keines gewesen sein kann wegen Abseits. Gibt's abseits beim Eigentor? Gibt's eine Torprämie? Alles sehr komplexe Fragen, die nur gewiefte Fachleute beantworten können. Es geht um verrückte Ablösesummen, den wildkapitalistisch

agierenden Konkurrenten aus dem tiefen Süden.

Das Gespräch geht rasch hin- und her, auch die Frauen beteiligen sich. Rauch steigt keiner auf über der hektischen Gesellschaft, schließlich ist man sportlich durch und durch und man hat sich an die neuen Gesetze gewöhnt...
Meinungen prallen aufeinander. Ganz ohne Knautschzonen. Jeder hat eine neue Insiderinformation. Man ist sich einig:

Köln ist eine wunderbare Stadt, in der fast alles vorhersehbar ist:
Der Dom steht unverrückbar seit fast 1000 Jahren. Zu Karneval fließt das Kölsch in Strömen. Der Rhein rauscht ständig in Richtung seiner Mündung. Nur in welcher Liga der 1.F.C. nächstes Jahr spielen wird, bleibt ein Geheimnis!

# VOYEUR

Heute ist die Situation am Nachbartisch in meinem Lieblingsrestaurant etwas besonders. Es ist Sommer. Sehr warm. Die Menschen sind leicht und luftig gekleidet, besonders die Dame am Nebentisch. Sie trägt ein knallrotes leichtes Leinenkleid, das an beiden Seiten sehr hoch hinauf geschlitzt ist. Ihre brünetten Haare sind auffällig geometrisch geschnitten. An den Füssen trägt die Dame hohe Pumps im ungefähr gleichen Rot wie das Kleid und zusätzlich mit etwas Gold behängt. Eine Kette aus Modeschmuck im sehr großzügigen Dekolleté vervollständigt das, etwas aufdringliche Äußere.

Dann, einen Tisch weiter, sitzt ein Paar das unterschiedlicher nicht sein könnte. Er ist ein flotter Mittdreißiger, sonnengebräunt, ein knallrosa Hemd, das er weit offen trägt, an einer goldenen Kette baumeln zwei Fantasieanhänger. Glücksbringer? Über dem grellen Hemd trägt er ein leichtes Leinensacko. Er redet mit ausladenden Gesten auf sein Gegenüber ein. Sie reagiert nur minimal.

Sehr viel früher, als ich noch ein Kind war, hätte man sie ein Mauerblümchen genannt. Der Begriff ist aus dem heutigen Wortschatz verschwunden. Im Gesicht hat sie dieses beständige unverrückbare Lächeln, das meist zu selbstgestrickten Pullovern gehört und zu dem Bewusstsein immer alles richtig zu machen.

Die in sich ruhende Dame geht nie auf ihren Partner ein. Wahrscheinlich hat sie schon das Nichtgeborene in der

Waldorf Schule angemeldet. Sie lebt in ihrer heilen Traumwelt, sie ist vollkommen abgeschottet von der Realität.

Daher bemerkt sie auch nicht, dass ihr Partner und die Dame in Rot sich Blicke zuwerfen. Von meinem Platz aus kann ich gut sehen, wie die Dame im dünnen roten Kleide sich hinunterbeugt, die Hand an ihren Knöchel legt und dann mit langsamer Geste an ihrem Bein nach oben streicht. Der Seitenschlitz des Kleides öffnet sich und der junge Mann am Nebentisch bekommt zu sehen, dass die Dame keine Strümpfe trägt. Er unterbricht sein einseitiges Gespräch, rutsch auf dem Stuhl ein wenig hin und her und lächelt dann die Dame in Rot unsicher an. Die hat kein Problem damit, mit der rotlackierten Fingerspitze noch etwas höher auf ihrem weißen Schenkel zu streichen, so dass er sehen kann, dass sie um die Hüften nur das dünne schwarze Bändchen eines String trägt.

Jetzt lächelt sie ihn aufreizend an, zeigt all ihre weißen Zähne. Er wagt es zurück zu lächeln. Sie macht eine leichte Kopfbewegung. Er nickt. Die Dame in Rot schiebt ihren Stuhl zurück. Sie steht auf und geht hocherhobenen Hauptes und mit schwingenden Hüften zum Ausgang. Der junge Mann murmelt irgendeine Entschuldigung. Aber sein Gegenüber hört und sieht nichts. Sie nickt nur mit unüberwindbarem Lächeln.

Alles ist gut und wird auch für immer gut bleiben.

Auch der junge Mann geht durch die Ausgangstür hinaus. Ich sitze noch ein halbes Stündchen, aber die beiden

kommen nicht zurück. Es ging also nicht um die Zigarette
nach dem Essen, sondern um die danach.

# GEGENSÄTZE

Man sagt: „Gegensätze ziehen sich an." Das mag zutreffen oder auch nicht.

Auf jeden Fall könnte das Paar Heute am Nachbartisch nicht unterschiedlicher sein. Sie hat eine schlanke muskulöse, sehr straffe Figur. Das Gesicht ist schön gleichmäßig und dabei ein wenig kantig, wegen der stark hervortretenden Wangenknochen. Die Frisur stammt von einer 1A Typberatung. Struppiges hellblondes Haar, oben sehr kurz, an den Seiten etwas länger und glatt nach hinten gebürstet. Eine feine Lederjacke der Sonderklasse, erstklassig geschnitten, ohne das übliche Klimbim von unnützen Schnallen und überflüssigen Nähten.

Die Frau hat Stil. Sie könnte eine Modeikone sein oder eine Künstlerin, die alles erreicht hat. Die Jeans sind, ebenso wie die Lederjacke Maßarbeit. Glücklicherweise trägt sie dazu keine ausgelatschten Sneakers, sondern hochhackige Pumps, extrem dünne Absätze, ca. 12 cm hoch. Vom Äußeren her zu urteilen eine Frau die Maßstäbe setzt.

Er hat einen runden, weichen Rücken. Das Gesicht ist schlaff, obwohl er bestimmt 15 Jahre jünger ist als die Dame. Die Augen, hinter den dicken Brillengläsern sind hell und wässerig. Die Brille balanciert auf einer viel zu großen, fleischigen Nase. Unter den dünnen Lippen deutet sich das Doppelkinn bereits an.

Die beiden beraten nicht über ihre Bestellung. Stella, so nennt der junge Mann sie, bestellt mit Autorität für beide.

Rainer wehrt sich nur schwach. Er möchte lieber keinen Fisch.

„Ach was, du isst was es gibt."

Ist er ihr Haussklave?

Die Machtverhältnisse zwischen den beiden scheinen klar definiert zu sein. Es gibt keinen gemeinsamen Dialog. Stella äußert zu jedem Thema eine klare, zweifellose Meinung. Rainer stimmt zu. Was könnte er tun gegen dieses Energiebündel? Stella berichtet über ihre Sicht der Dinge, Politik, Gesellschaft, den neuesten Klatsch aus der Welt der Prominenten, sie schwadroniert über ihren beruflichen Erfolg, der ihre Bankkonten fast zum Überlaufen brachte. Sie weiß alles. Sie kennt jeden. Sie hat Einfluss auch dort wo man ihn nicht erwartet. Stella ist eindeutig der Mann in diesem ungleichen Paar.

Rainer äußert höchsten ein undeutliches Gemurmel oder meint:" ja schon gut, Du hast sicher recht." Aber meist nickt er nur schweigend mit dem Kopf.

Plötzlich, nach einem kräftigen Schluck aus seinem Weinglas traut er sich und sagt mit klarer Stimme: „Stella, kannst Du mal den Mund halten, ich kriege sonst eine schreckliche Migräne und du kannst sehen wen Du Heute Abend vögelst."

Verkehrte Welt?

# EIFERSUCHT

Eifersucht ist schlecht. Das wissen wir alle. Können aber nichts dagegen tun.

In meinem Lieblingslokal sitzt ein Paar in klassischer Konstellation.

Er ist ein erfolgreicher Geschäftsmann, der sich seinen Wohlstand anmerken lässt. Sein eleganter Anzug ist aus allerfeinstem Tuch geschnitten. Die auffällige Uhr ist mit Diamanten besetzt, ein Statussymbol, wie es im Buche steht. Jeder weiß, diese Uhr kostet so viel wie ein Mittelklassewagen. Was für einen Schlitten muss dieser Mann draußen stehen haben? Natürlich spricht er leise, mit sorgfältig gewählten Worten, die er rhythmisch artikuliert.

Sein Gegenüber ist eine rund dreißig Jahre jüngere Frau. Sie trägt seinen Ehering. Auch ihre Kleidung und ihr Schmuck kommen aus den besten Boutiquen. Die Mähne ist so blond, wie es sich für ein Luxusweib gehört. Sie spricht etwas zu laut und spreizt den kleinen Finger beim Trinken ab. Klar, sie hat eingeheiratet und möchte jetzt ernst genommen werden.

Das tut der junge Mann am Nachbartisch, der ihr ab und zu bewundernde Blicke zuwirft. Sie mag das. Sie fühlt sich geschmeichelt. Vielleicht ist sogar der wohlhabende Gatte geschmeichelt dafür, dass sein Besitz Anerkennung findet?

Als der Dame die Serviette von den Knien rutscht, da ist der junge Mann schneller unter dem Tisch, als die beiden anderen. Es ist nicht nur Zufall, dass seine Hand die Hand und das Bein der Dame streift. Zurück über dem Tisch gibt es verständnisvolle Blicke. Der ältere Ehemann hält sich da vornehm heraus.

 Vielleicht ein Fehler?

Denn jetzt fühlt sich der junge Mann ermutigt. Er legt ruhig Messer, Gabel und Serviette neben den Teller auf seinen Tisch. Noch ein Blick auf seine aufreizende Nachbarin, dann steht er auf, zieht das Sakko glatt und geht gemächlich in Richtung der grünen Tür, hinter der sowohl ein kleiner Garderobenraum, wie auch die Toiletten sind.

Es dauert nur ein paar Sekunden, dann entschuldigt sich die Dame bei ihrem Gatten und folgt auf dem gleichen Weg zwischen den Tischen.

Eifersucht ist schlecht.

 Jetzt winkt der Ehemann dem Kellner Martin und ruft unwirsch: "Zahlen bitte."

Martin ist betrübt: "Hat es nicht geschmeckt?"

"Ach was, das Essen ist ausgezeichnet. Aber die Gesellschaft lässt zu wünschen übrig."

Der Herr zahlt und geht ohne ein weiteres Wort nach draußen auf die Straße.

Vielleicht findet er dort eine andere? Mit Hilfe der Uhr und des vermutlich gigantischen Autos?

Eifersucht ist nicht gut.
Sie hat dem jüngeren Mann eine Partnerin beschert, die
der sich wahrscheinlich nicht leisten kann.

# PRAGMATISMUS

Am Nachbartisch in meinem Lieblingsrestaurant in Köln sitzen heute zwei gutaussehende Damen der „besseren Gesellschaft". Beide stehen mitten im Leben sind Mitvierzigerinnen. Sie sind finanziell erfolgreich, das sieht man an der eleganten Kleidung und am schönen, aber dezenten Schmuck.
Laura ist die Blonde in Hellgrau. Beate die Brünette in Burgunderrot. Nach den Ringen zu urteilen, sind beide verheiratet. Auf Ringe ist heute kein Verlass mehr. Die bedeuten nichts als ein bisschen 18 karätiges Gold.
Laura schwärmt von ihren Tennislehrer Moreno. Moreno besitzt tatsächlich alles, was Laura sich je erträumt hat. Außer dem Vermögen. Das hat ihr Mann Peter. Moreno ist sportlich, kleidet sich elegant, hat sogar irgendwo ein bisschen Bildung aufgeschnappt. Aber dann: „Beate Du kannst Dir  nicht vorstellen, wie potent der Kerl ist. Zweimal, manchmal auch dreimal nacheinander kann er. Ein Juwel, den muss ich mir warmhalten."
Beate: „Und Dein Peter merkt der nichts wenn Du  immer so spät nach Hause kommst?"
„Ach was, Peter, der denkt doch nur ans Büro und seine Großaufträge. Der merkt nicht einmal, wenn mein Mund nach Morenos Sperma schmeckt. Peter wird erst etwas bemerken, wenn ihm meine Scheidungspapiere auf den Tisch flattern."
„Laura, ich hoffe, Du wartest mit der Scheidung bis Peter Dir die Wohnung in Lindenthal überschrieben hat und lass

Dir auch vorher den Audi schenken.“
„Klar denke ich daran. Für wie blöd hälst du mich?“

# IN DIE JAHRE GEKOMMEN

In meinem Lieblingslokal, das in Köln fast jeder kennt, herrscht jetzt im Sommer eine relative Ruhe, denn die Gastronomie hat sich zum größten Teil nach Draußen verlagert. Außerdem sind viele Kölner  im Urlaub. Auf Mallorca, wo sonst?
 So dass im Innenraum sogar einige Tische frei sind.

An meinem Nachbartisch sitzt eine freundliche Oma, mit grau gelocktem Haar, so wie es aussieht, wenn man vor kurzem beim Friseur war. Neben ihrem Tisch steht die Babykarre mit dem kleinen Enkelkind. Mädchen oder Junge? Keine Ahnung. Die Oma trägt ein beiges Kostüm, das um die Hüften herum ein wenig spannt. Die Dame hat ein hübsches, ausgeglichenes Gesicht  das noch ziemlich glatt ist. Nur um die Augen herum sind die Lachfältchen eingekerbt, sie trägt eine schöne, leichte Brille, hinter der kluge Augen blitzen. Neben der Oma ist ein Tisch frei, dann am übernächsten Tisch, in sicherer Entfernung, sitzt ein freundlicher Opa, ohne Enkelkind.

Der alte Herr hat schönes gewelltes, weißes Haar und einen dazu passenden  weißen Schnurrbart, der an den Enden sorgfältig hochgezwirbelt ist. Vielleicht dreht er sich dünne Drähtchen mit hinein, so wie Salvador Dali es machte, um die zitternden Bartenden so hoch hinauf zwirbeln zu können? Die verschmitzten Augen  scheinen ständig zu zwinkern und auch um die vollen Lippen ist ein fröhliches Zucken. Der alte Herr sieht aus wie ein typisch kölsches Original. Lebenslust scheint ihm nicht fremd zu sein. Natürlich hat auch er die flotte Oma bemerkt. Er wirft ihr verstohlene Blicke zu, wie ein schüchterner Teenager. Wenn die Dame in seine Richtung schaut, dann senkt er sofort den Blick diskret zu Boden.

Die Dame hat das Spiel bemerkt und spielt es mit. *Das gibt's doch nicht,* denke ich mir, *dass zwei Siebzigjährige sich wie Schulkinder benehmen.* Sie beobachten sich verstohlen aus den Augenwinkeln und wenden den Blick sofort ab, wenn der andere den Kopf bewegt.

Noch bevor er sein Essen bestellt packt der Opa all seinen Mut zusammen und fragt die schüchterne Dame:" Darf ich mich zu ihnen an den Tisch setzen? Irgendwie schmeckt es besser zu zweit."
Die Frage scheint ihr zu direkt. Sie tut so, als sei sie überrascht und zögert ein bisschen. Schließlich arrangieren sie die beiden älteren Herrschaften um den kleinen Zweiertisch herum. Als auch ein guter Platz für die Babykarre gefunden ist, übernimmt der freundliche Herr das Kommando und winkt dem Kellner Martin. Beide bestellen sie ähnliches. Der Herr schließt die Bestellung ab, indem er seine Tischdame halblaut fragt:" Ich darf sie doch zu einem Fläschen Wein einladen?" Die Dame nickt verschämt, sie hat ihre Finger auf der Tischplatte verknotet. Er gibt ein bisschen an. Er sei weitgereist und wisse Bescheid mit Lebensart und besonders mit Weinen.

Sie überlässt ihm vertrauensvoll die Wahl. Und auch der Ober Martin bestätigt dass der Weißhaarige gut ausgewählt hat.

Als die beiden älteren Herrschaften miteinander anstoßen, ist es Zeit sich vorzustellen. Er heißt Heribert. Sie ist Ursula. "Angenehm." "Angenehm."

Jetzt ist die erste Schüchternheit überwunden, der Wein färbt die Wangen rosa und die beiden turteln, wie ältere Leute das eben tun. Nur nicht allzu direkt werden, nur keine klare Meinung äußern, sondern alles im Ungewissen, in der Schwebe, lassen. Kann man noch? Will man noch? Oder ist die Glut unter der Asche längst erloschen? Trotzdem kann ich mithören, dass beide verwitwet sind.

*Na gut,* denke ich, *dann gibt's zumindest keinen Krach zu Hause.*

# MECKERFREI

Heute herrscht in meinem Lieblingsrestaurant wieder einmal eine leichte, freundliche Stimmung. Die Gäste sind gut gelaunt und ebenso das Personal, das niemals zu Lächeln vergisst, wenn das Essen gebracht wird. Jeder im Raum fühlt sich wohl, das spürt man. Vielleicht kommen deshalb so viele Stammgäste regelmäßig, weil der Stress draußen bleibt. Es ist ein schöner Sommertag, warm und sonnig. Die Leute tragen helle, leichte Kleidung. Die Röcke sind sehr viel kürzer als im Winter. Alle sind froh, dass es endlich Sommer ist und dass die Sonne freundlich scheint. Vorbei der Nebel und die Kälte, die lange genug gedauert haben.

Neben mir an der Theke sitzt eine fröhliche Dame und trinkt Weinschorle, wie ich glaube die Einstiegsdroge zum Hausfrauenalkoholismus. Ich genieße den Espresso, der mir nach einem guten Essen immer so sehr schmeckt. Von draußen kommt eine Dame mit riesengroßem rosa Hut herein. Sie stürzt auf die Theke zu und beginnt atemlos:

"Ist es nicht entsetzlich heiß heute?"

Dabei wischt sie sich mit einem ebenfalls rosa Tuch über die Stirn.

Amin, hinter der Theke antwortet mit einem Schmunzeln:

"Ich will nicht jammern wenn es regnet und dann auch wenn die Sonne scheint."

Da mischt sich ein Gast von einem nahen Tisch ein:

"Außerdem ist hier meckerfreie Zone!"

# NEUE FARBIGKEIT

In meinem Lieblingsrestaurant verkehren viele Stammgäste. Ein Paar, das häufig anzutreffen ist, sehe ich immer wieder gern. Beide sind vorhersehbare Gesprächspartner, immer gut gelaunt und elegant gekleidet. Der Mann ist 10 bis 15 Jahre älter als die Frau. Beide sind groß gewachsen und sehr schlank. Beide tragen sie meist gedeckte Farben, wirken etwas streng auf den ersten Blick und zurück haltend. Vor Allem die Dame, mit dem schönen, gleichmäßigen Gesicht könnte mehr aus sich machen.

 Aber nein, sie trägt die dunkelgrauen Röcke immer etwas zu lang, dabei hat sie, ich habe sehr genau hingesehen, schöne Beine. Sie gibt sich auch bei der Frisur oder beim Schminken keine besondere Mühe. Die heilige Sankt Zurückhaltung scheint ihre Schutzpatronin zu sein. Das dunkle Haar lässt sie langweilig über die Ohren fallen, so wie es eben von selber fällt. Bescheidenheit ist eine Zier, doch weiter kommt man ohne… Ihr Lippenstift ist so diskret, dass sie ihn ebenso gut weglassen könnte. Auch der Ehemann ist meist in unscheinbares Mausgrau gekleidet. Die beiden gehen höflich miteinander um, so wie langjährige Ehepaare eben aufeinander eingespielt sind. Da gibt's keine Überraschungen mehr, weder hin zum Guten noch zum Schlechten. Jeder weiß was der andere sagen wird, noch bevor er den Mund geöffnet hat.

Heute, ein Tag am Anfang der Woche falle ich fast vor

Überraschung vom Stuhl. Die Dame erscheint hocherhobenen Hauptes - allein. Sie ist wie verwandelt. Was soll man davon halten? Auch den anderen Stammgästen, die an vieles gewöhnt sind, klappen die Kinnläden herunter. Die sonst so graue Maus trägt heute ein leuchtend blaues Kostüm. Das Mittelmeer an der Côte d'Azur lässt grüßen. Die Haare hat sie sich hochgesteckt zu einem eleganten asymmetrischen Knoten. Der Lippenstift ist heute knallrot, mit Lidschatten und Wimperntusche ist sie nicht gerade sparsam umgegangen. All das Neue steht ihr sehr gut und macht sie zu einem attraktiven Hingucker. Aus dem Mäuschen ist eine Verführerin geworden. Ich muss zweimal hinsehen um sicher zu sein, dass ich mich nicht täusche. Aber kein Zweifel, das Entlein hat sich in einen stolzen Schwan verwandelt. Wird auch der Ehemann als Verwandlungskünstler auftreten?

Die Dame in Blau setzt sich in einen anderen Teil des Raumes als sonst. Auch der Grund für ihre Verwandlung lässt nicht lange auf sich warten. Ein eleganter junger Mann, gut zehn Jahre jünger als die Dame, mit glattem, schwarzen Haar bis auf die Schultern stürmt herein, sieht sich kurz um, dann geht er mit entschlossenem Schritt auf den Tisch der Dame zu. Der Mann ergreift ihre Hand, deutet einen Handkuss an, nimmt die Frau dann in die Arme und gibt ihr einen festen, langen Kuss auf den Mund. Die beiden setzen sich gegenüber, sie verknoten ihre Finger fest auf dem Tisch und versenken die Blicke tief ineinander.

Ja natürlich, das erklärt alles, heute speist sie nicht mit dem langweiligen Gatten, sondern mit einem feurigen Liebhaber. Ich werde die Augen offen halten, ob es bald wieder zu einem Wechsel kommt.

# ANABEL

Heute sitzen in meinem Lieblingsrestaurant am Nachbartisch zwei junge Männer die sich sehr angeregt unterhalten. Es geht in erster Linie um Anabel, eine Frau, die sie beide gut zu kennen scheinen und die beide anscheinend fasziniert. Die jungen Männer geraten geradezu ins Schwärmen, wenn sie von Anabel sprechen. Anabel scheint alle Vorzüge und Nachteile einer attraktiven Frau in sich zu vereinen. Schönheit, Leidenschaftlichkeit. Ihre Unzuverlässigkeit, verzeiht man ihr immer wieder.

So viel ich mithören kann, muss Anabel sensationell gut aussehen, einen absolut brillanten Verstand besitzen, sehr gefühlvoll und ausgesprochen herzlich sein. Sie ist selbstbewusst und geradlinig. Nur über ihre Zuverlässigkeit scheint es unterschiedliche Meinungen zu geben. Der blonde der jungen Männer meint, auf Anabel sei immer Verlass, während der andere, der mit der schiefen Nase, mit ihr schlechte Erfahrungen gemacht hat:

"Sie ist unzuverlässig, wie ein... (hier folgt eine ausländerfeindliche Aussage, die ich nicht wiederholen möchte).

Die jungen Männer haben einen Platz an ihrem Tisch für die geheimnisvolle Anabel reserviert.

"Jetzt ist sie schon eine viertel Stunde verspätet, wir werden ja sehen, ob sie überhaupt noch auftaucht." meint der skeptische der jungen Herren.

"Gleich wird sie hier sein, so sicher wie das Amen in der Kirche." antwortet der andere.

Da mischt sich ein Herr vom Tisch rechts daneben ein: "Anabel kommt heute gar nicht, sie ist bei Lars."
"Wer ist, bitte schön, Lars? Den kenne ich nicht." fragt der blonde junge Mann.
"Da kann ich sie beruhigen", sagt der Herr vom Nachbartisch, "ich kenne Anabel auch nicht."

# JOSETTE

Heute sitzt Josette in meinem Lieblingsrestaurant Hase am Nachbartisch.

Josette kenne ich seit Jahrzehnten. Seit damals, als wir beide noch in Nizza lebten. Viel von Josettes früherer Attraktivität ist  geblieben. Die Farben ihres Kleides, des Täschchens und der anderen Accessoires sind ein wenig grell, passen aber gut zueinander.

 Josette ist nach wie vor eine schöne Frau, wenn auch etwas reifer als damals. Gut, das zu einem Helm mit geradem Pony geschnittene Haar leuchtet nicht mehr in dem strahlenden Blond, sondern ist etwas ausgeblichen über die Jahre, trotz der Kunst von Josettes Friseurs. Josettes Gesicht ist immer noch jugendlich, es ist nur etwas rundlicher geworden und um die Augen herum haben sich ein paar Lachfältchen festgesetzt, die dem Aussehen der schönen Frau sicher nicht schaden. Mitten im Gesicht immer noch die etwas zu kurze, sehr gerade Nase, *le nez parisien.* In den Siebzigern ließ sich, wer immer es sich leisten konnte, diese *Pariser Nase* machen. Nun, Josette konnte es sich leisten. Die Nase, wie auch alle anderen Investitionen in ihre Schönheit, zahlten sich reichlich aus.

Josette lebte in Nizza im relativen  Luxus, finanziert durch zwei wohlhabende Geschäftsleute, Alphonse und Jacques, die nichts voneinander wussten. Alphonse lebte mit Frau und Kindern in Paris und Jacques führte mit seiner Gattin ein Luxushotel auf Korsika. Wie Josette mit den beiden  jonglierte, so dass sie zwar  regelmäßig zu Besuch kommen konnten, aber niemals aufeinander trafen, das habe ich nie verstanden. Obwohl ich weiß, dass Frauen in solch komplizierten Dreierbeziehungen sehr viel geschickter und auch glaubwürdiger sind als Männer.

 Alphonse war zuständig für das Alltägliche, die Wohnung samt Strom, Wasser, Telefon, etc., außerdem für Essen und Trinken. Jacques übernahm die Kosten für alles andere, das Auto, den Schmuck, die Pelzmäntel, die teuren Reisen, die Kuraufenthalte in den Schönheits-kliniken. Josette hatte ihr Leben perfekt geregelt. Die Lasten hatte sie auf die Schultern ihrer beiden Männer verteilt. Dafür bekamen sie Lust, wann immer sie für ein Wochenende oder gar eine ganze Woche nach Nizza kommen konnten.

Jetzt pendelt Josette hin und her zwischen ihrem Heim in Nizza und ihrer Wohnung in Köln. Sicher fällt es ihr wegen der zusätzlichen Jahre nicht mehr so leicht, die Männer um den Finger zu wickeln. Dieser Nachteil ist aber ausgeglichen durch die langjährige Erfahrung, die die Frau im Umgang mit gutgläubigen Männern gesammelt hat.
Sie sieht immer noch toll aus. Die Haare wie gesagt, mit dem geraden Pony, so wie die Mädchen vom *Crazy Horse* in Paris sie trugen. Natürlich hat Josette jetzt auf den Hüften ein paar freundliche Pfunde  mehr. Die paar Kilos runden ihre Figur schön ab und stehen ihr gut. Josette weiß, dass man sich Weiblichkeit nicht im Fitnessstudio

antrainieren kann. Ihr erfahrenes Gesicht drückt eine reife Gelassenheit aus. Wegen der langen Aufenthalte an der *Côte d'Azur* ist sie gleichmäßig gebräunt. Hier im grauen Köln wirkt die auffällige Dame wie ein etwas zu bunter Schmetterling.

Da sie allein an ihrem Tisch sitzt, frage ich Josette, ob ich mich zu ihr setzen darf. Sie ist erstaunt, angesprochen zu werden, hier in der Fremde und erkennt mich erst auf den zweiten Blick. *Macht nichts,* denke ich mir, *unsere Beziehung war niemals sehr eng.*

Ich freue mich auf eine angeregte Unterhaltung, außerdem finde ich es nett, dass wir von alten Zeiten schwärmen können, von Bekannten, die wir gemeinsam haben, von Orten, die wir beide kennen.

Josette wohnt in Nizza immer noch in der riesengroßen Wohnung am *Mont Boron,* Alphonse hat sie  ihr endlich gekauft. Die Penthouse Wohnung im Kölner Zentrum hat ihr tatsächlich Jacques geschenkt.

Schade, das ist doch die gleiche Geschichte von früher. Ich hatte gehofft, ein bisschen neuen Klatsch zu hören, anstatt der immer selben alten Kamellen.

# AKTMALEREI

Heute sitzt am Nachbartisch in meinem Lieblingslokal ein Paar, das zwar beruflich aber nicht privat zusammen gehört. Wegen der vielen Galerien in der Nachbarschaft verkehrt hier ein fröhliches Völkchen von Künstlern, Galeristen, Kunstinteressierten und Anderen. Manche möchten sich nur mal an der Boheme reiben. Ich kenne diese beiden seit Jahren. Er ist einer der angesehenen Galeriebesitzer aus der Nachbarschaft, der trotz seines kommerziellen Erfolges auch manchmal jungen Talenten eine Chance bietet. Eine Gradwanderung, die das Publikum nicht immer honoriert. Denn die Sammler glauben oft, da wo die großen Namen an der Wand hängen,  da haben die Unbekannten nichts zu suchen.

Sie ist eine junge Künstlerin, die in dieser Stadt wohnt und die sich seit Jahren abstrampelt sich einen Namen zu schaffen. Noch ist ihr das nicht gelungen. Trotzdem ist sie fest davon überzeugt, dass sie  zur ersten Garde der Künstler gehört und man ihr die große Karriere nur aus Missgunst verwehrt. Angeblich halten alle Männer zusammen um alle Künstlerinnen zu unterdrücken. Na gut, wenn man's glaubt, ist das ein schönes Alibi für den eigenen Misserfolg. Sie kann malen, zumindest ist sie selbst davon überzeugt und -- sie sieht toll aus, das sagt ihr jeder.

Nun ist es am Galeristen die Künstlerin zu überzeugen,

dass  das Publikum Bilder nicht deswegen kauft, weil die Künstlerin attraktiv aussieht. Tatsächlich: Annette sieht sensationell aus. Das füllige mittelblonde Haar ist schön gelockt, das Gesicht ist gleichmäßig, und nur ganz unauffällig geschminkt, dabei unterstreicht sie geschickt die großen, dunklen Augen.

Annette trägt ein helles Shirt, das ihren straffen Busen gut zur Geltung bringt. Die Jeans hat sie sich eng auf den Leib geschneidert. Ob sie jeden Morgen beim Anziehen die Nähte wieder neu nähen muss, bleibt ihr Geheimnis. Annette trägt zu den engen Jeans gern spitze Schuhe mit sehr hohen Absätzen. So auch heute.
Der Galerist im dunklen Tuch, schönem Hemd und fein abgestimmter Krawatte, und Annette im salopp unkonventionellen Look unterhalten sich über die Bedingungen der geplanten Ausstellung. Noch sind sie sich nicht einig. Es geht um Werbemassnahmen und um Prozente von den Verkäufen. Also kurz gesagt, ums liebe Geld.

Natürlich meint Annette, so wie die meisten Künstler das glauben, dass der Galerist nicht genug für die Öffentlichkeitsarbeit tut. Sein Etat für Werbung sei jämmerlich, so meint sie. Sie verdiene Besseres.
Die Perspektiven könnten konträrer nicht sein.
 "Ich könnte sogar für den *Playboy* posieren", wirft Annette ein. Er möchte lieber eine Titelgeschichte in einem Kunstmagazin lancieren. Sie behauptet, ihre Hüften seien

ihr größtes Kapital und der straffe Bauch. Was soll der Galerist sagen? Sie will sich verkaufen und er ihre Werke. Ein Dilemma, das auch nach einer Flasche *Sancerre* nicht ausgeräumt ist. Im Gegenteil: Der gute Wein hat nicht nur Annettes Gesicht gerötet, sondern ihr auch die künstlerische Zukunft rosa gefärbt. Sie glaubt wirklich, sie würde schneller berühmt, wenn sie sich ein paarmal für die Kameras auszieht.

Der Galerist meint erschüttert: "Wollen sie nicht gleich einen Porno drehen?"

 Annette:" Aber wieso denn nicht?"

# ROTE MÄHNE

Der Herr, der jetzt mein Lieblingslokal betritt, ist das, was die Engländer einen *Gentleman* nennen würden. Er ist groß, hält sich sehr gerade und ist in feinstes britisches Tuch gehüllt. Nicht einen Tick zu hell oder ein bisschen zu dunkel. Nein, genau das richtige Grau, das nicht durch seine Farbe ablenkt vom eleganten Fall des schönen Stoffes oder vom Schnitt des Anzuges, der besser nicht sein könnte. Das Haar ist so geschnitten, wie es sich gehört, wenn man anderen ein Vorbild sein will. Ein dezenter, feiner Duft umweht ihn. Er bekommt einen Tisch in einer ruhigen Ecke, nachdem er klargemacht hat, dass er eine sehr besondere Dame erwartet.

Trotz seiner offensichtlichen Unnahbarkeit beginnt der Neuankömmling ein Gespräch mit seinem Tischnachbarn. Da die Tische, für jeweils zwei Personen, eng zusammen stehen, kommt das Gespräch leicht in Gang. Der fremde Herr lässt seinen Gesprächspartner spüren, dass er sich für etwas Besseres hält. Außerdem kündigt er unaufgefordert an, dass das  heutige Rendezvous etwas Bedeutsames sei.
Die Dame, die er erwartet, sei eine außergewöhnliche Persönlichkeit, eine Prominente mit einer wichtigen gesellschaftlichen Stellung. Sie stamme aus einer Industriellen Dynastie und hätte das  geerbte Vermögen nochmals gewaltig vergrößert. Außerdem investiere sie in Kultur Events. Eine Aristokratin des Geistes und der

Finanzen. Eben ein besonderes Wesen, wie es einem nur selten im Leben begegnet. Er stellt sie auf einen Piedestal. In Erwartung seiner Verabredung beschäftigt sich der Gentleman schon mal mit der Speisenkarte. Dabei klopft er rhythmisch mit einem goldenen Füllhalter auf die Tischplatte.

Ich glaube, nicht nur ich, sondern auch die anderen im Raum sind gespannt darauf, welche Industrie Imperatorin in fließender Seide gleich hereinschweben wird. Sicher kennen wir alle ihren Namen.

Die Eingangstür wird mit einem Ruck geöffnet. Schwarze Lederjacke, gerissene Jeans und eine feuerrote Mähne, stürzt sie auf lautlosen Sneakers herein. Ein erfahrenes Gesicht, schon etwas abgelebt, aber sehr selbstsicher und mit feurigen Augen. Hohe Wangenknochen und ein starkes Kinn. Sie wirkt nicht wie eine feine Dame, sondern wie eine geballte Ladung Energie. Mit Rouge und Wimperntusche geht sie großzügig um. Die grellroten Lippen legen die strahlend weißen Zähne frei. Das flotte Geschöpf steuert schnurstracks auf den gezierten Herren zu. Die rote Mähne wippt im Schwung ihres weit ausgreifenden Ganges. Ein Punk, entlaufen aus irgendeinem Hinterhof.

Der Gentleman erhebt sich zu einer Verbeugung und einem angedeutetem Handkuss. Aber dann meint er vorwurfsvoll:

"Aber doch nicht soo, Liebling."
*„Ach Quatsch, besser könnte sie nicht sein"*, denke ich.

# SCHAUMSCHLÄGER

Heute schau ich nicht auf den Nachbartisch in meinem Lieblingsrestaurant. Mir gegenüber sitzt ein alter Bekannter, mit dem ich seit mehr als 30 Jahren verkehre. Man kennt sich also.

André besaß damals eine Galerie in Paris und ich eine in Nizza. Wir tauschten Kunst und Erfahrungen aus. Das war rentabel für beide. Wenngleich ich manchmal den Eindruck hatte, dass von der anderen Seite hauptsächlich heiße Luft käme. André hatte immer tolle Pläne aus denen häufig nichts wurde.

Ein Megalomane.

Er wollte bei den ganz großen Jungs, in der obersten Liga mitspielen. Dort wo es ständig um Millionenbeträge geht, wo man Tausender als Peanuts abtut. Dort wo die Geschäfte öfter platzen, als der Laie es sich vorstellen kann. Mir war diese Luft zu dünn. Ich war vorsichtiger. Wollte mir nicht die Finger verbrennen, an Geschäften, die ich nicht  kontrollieren konnte.

André tat dann genau das Richtige für sich.

Er sprang über den großen Teich und  eröffnete eine Filiale in L. A., wie es sich gehört am *Rodeo Drive.* So viel leicht verdientes Geld, wie bei den Stars von Hollywood, gibt's sonst nirgendwo auf einem Haufen. Das Geschäft boomte. André kaufte die Starvilla ganz oben auf dem Hügel in *Beverly Hills* und fuhr nur noch Stretch Limousinen oder ungewöhnliche Oldtimer. Jetzt pendelt André hin und her zwischen Paris und  L.A. und macht manchmal diesen Abstecher nach Köln um unsere Freundschaft wach zu halten.

Schwierig wegen der Kleidung, denn wenn André in Los Angeles ins Flugzeug steigt, ist es fast immer knallheiss. In Paris angekommen, erwartet ihn häufig, außer einer ganz neuen Freundin, ein kühler Nieselregen. An der Westküste der USA, ebenso wie an der *Côte d'Azur* trägt Louis am liebsten federleichte, sehr gut geschnittene Anzüge, ohne ein Hemd unter dem Sakko, dafür baumelt eine in Gold gefasste Tigerkralle an einem Kettchen auf seiner nackten Brust.

Man übersieht ihn nicht, wenn er in ein Lokal kommt. Bei mittleren und kühlen Temperaturen trägt André gern seinen weitgeschnittenen Blaufuchs spazieren. André sieht gut aus, das erkennen sogar seine Feinde an, von denen er reichlich viele hat. Geschäftlich ist André knallhart. Die, die er über den Tisch gezogen hat, sind Legion. Seine Bilder sind immer teuer, aber nicht immer echt. Stets hoch aufgerichtet schreitet er  mit stolzem Haupt daher. Seine Anzüge sind aus feinstem Stoff  und sehr genau für André geschnitten, das sieht auch der sprichwörtliche Blinde. Die fehlende Hemdbrust und die blitzende Tigerkralle verleihen André eine exotische Aura. André's schon immer hohe Stirn wird höher seitdem sich die Haarpracht mehr und mehr zurückzieht. Seine Augen blicken nicht nur intelligent in die Welt, sondern blitzen meist vor guter Laune, wenn er ein Witzchen aus der Welt der Schönen und Reichen erzählt, die die Heimat seiner Kunden ist.

André ist diesmal in Köln, weil er hier ein Bild abholen will, dass er bereits an eine Hollywoodgrösse verkauft hat. Der Kunde wollte die umständliche Reise nicht mitmachen. Wir unterhalten uns über die Werke von *Willem de Kooning, Franz Kline, Rauschenberg, Jean Dubuffet, Chagall, Picasso, Matisse* und die Millionen Dollar die in einem Wirbelsturm um Louis kreisen. Aber es ist, wie so oft, eine Hängepartie. Die sechs Millionen Dollar Restzahlung vom *Chagall,* sollten schon am ersten des Monats eingetroffen sein. Bis heute wartetAndré, obwohl wir schon den 21. schreiben. Außerdem stehen noch zwölf Millionen für den *Matisse* aus.

Genug! Ich kenne die alte Leier zu Genüge.

Das Herumposaunen mit den sechs- und siebenstelligen Dollarbeträgen, ist nur die Einleitung dafür, dass ich wohl bei der Rechnung im Hase aushelfen muss.

*O. K. Louis. Nichts anderes hatte ich erwartet!*

# SUSHI

In der Nachbarschaft ist ein Sushi- Restaurant. Ich esse
gern Sushi. Vor Allem den mit dem Seeigel-Rogen. Der
heißt Uni.
Uni gibt's nur zu bestimmten Jahreszeiten, die ich mir nie
merken kann. Also frage ich die hübsche junge Kellnerin:
„Haben sie Uni?“
Sie antwortet prompt:
„Nein. Zurzeit sind Ferien.
 Darum arbeite ich hier.“

# GARDEROBIER

Über den freundlichen Herren der mir heute bei Hase gegenüber sitzt werde ich kein unfreundliches Wort sagen.

Marcel ist, wie ich, bereits im gesetzten Alter. Er sieht sehr gut aus mit seiner schön gebändigten grauen Mähne auf dem Haupt. Außerdem ist Marcel ungewöhnlich gebildet und feinsinnig. Hochaufgerichtet und stets in elegante Anzüge gekleidet macht Marcel eine imposante Figur. Er hält sich, ganz ernsthaft, für eine Wiedergeburt des eleganten Lebemannes Giacomo Casanova. Marcel liest viel, vor Allem über Gehirnforschung. Er ist stets auf dem neuesten Stand was die neurologische Forschung betrifft. Marcel weiß alles über Gehirnzellen, Synapsen und Nervenbahnen. Über die Frage was in unser Gehirn vorprogrammiert ist und wieviel davon wir selbst entscheiden dürfen, verlieren wir uns manchmal während des guten Essens bei Hase.

Marcels Höflichkeit ist beispielhaft. Nicht umsonst sitzt er jeden Tag ganz nahe an den Garderobenhaken. So kommt keine nette Dame an ihm vorbei, ohne dass er aus oder in den Mantel hilft. Dazu ein nettes Kompliment und einen Tipp für ein gelungenes Wochenende. So segelt die Dame beschwingt hinaus mit dem Eindruck einen schönen Flirt begonnen zu haben. Der Eindruck täuscht. Marcel hilft gern in den Mantel küsst auch schon Mal eine Hand oder eine Wange. Aber ansonsten geht da gar nichts. Marcel lässt nur seine feste Partnerin an sich heran.

Eine andere, die sich falsche Hoffnungen gemacht hat, ist jene Dame, die ständig zu bunt gekleidet ist und sich täglich an Marcel heran geschmissen hat, in der Hoffnung, die anderen Gäste im Restaurant würden glauben, sie hätten was miteinander. Das macht die „Freundinnen" so schön eifersüchtig.

Aber nein, auch die schrecklich Bunte kam über eine Einladung zum Mittagessen und ein paar höfliche Komplimente nicht hinaus. Die intensiven Gespräche beim Essen reserviert Marcel für den ganz engen Kreis guter Freunde und seine Lebenspartnerin. Wenn dann der weltberühmte Aktionskünstler mit am Tisch sitzt, dann schlagen die Wellen hoch in der spannenden Mittags-diskussion. Ich halte alle Ohren offen, denn was der Künstler zu erzählen hat, ist oft nicht nur witzig, sondern auch wichtig.

*Bis Morgen bei Hase, Marcel.*

# HAFTUNGSAUSSCHLUSS

Falls Sie glauben einen der Protagonisten wieder-
zuerkennen, dann spielt Ihre Fantasie Ihnen einen frechen
Streich. Selbstverständlich sind alle Personen, alle
Gespräche und Handlungen in diesem Buch frei erfunden.

Eventuelle Ähnlichkeiten mit lebenden Personen müssen
also rein zufällig sein,

## OLAF CLASEN

Nach seiner Kindheit in Scharbeutz, an der Lübecker Bucht und in Garmisch- Partenkirchen wurde Clasen in München zum Druckereifachmann ausgebildet. Anschließend arbeitete er freiberuflich als Cartoonist, Fotograf, Layouter, Grafiker, Artdirektor und einigen anderen freien Berufen. Er führte 36 Jahre lang seine Kunstgalerie in Nizza, New York und Köln. Er lebte in Karthago, bei Tunis (15 Jahre), in Nizza und New York City (jeweils 12 Jahre), Jahrelang pendelte Clasen zwischen Nizza, New York City und Köln hin und her. Zur Freude der Airlines. 1991 ließ er sich in Köln nieder. Clasen war zweimal verheiratet und ist Vater einer 1993 geborenen Tochter.

Jetzt sitzt Clasen täglich bei Hase und notiert was er hört und sieht.